走訪尼泊爾——

尋找
Kamar-Taj
之旅

看山——著

目錄

旅程概要

寻找
Kamar-Taj
之旅

尋找
Kamar-Taj
之旅
———緣起

　　2018 年 12 月底，我們到尼泊爾旅行。為何要去尼泊爾？想來
有兩大原因。其一，是你好「冒險」，喜赴對港人而言較「冷門」
的地方旅遊。其二，因為我實在太喜歡《奇異博士》電影，以及片
中那尼泊爾風光。

到「冷門」地區「冒險」，素來是你的喜好。我所認識的人，多到台灣、南韓、日本旅行，其中甚至有堪稱「旅台、旅日、旅韓達人」者，甚或有以日、韓、台為「家鄉」者，每逢長假期，總笑說自己「回鄉」。唯獨你喜到較少港人旅遊的地方旅行。你曾與友人結伴同遊北朝鮮、青海、西藏、俄羅斯等地，又嘗與我遊歷新疆、越南、馬來西亞等不及日、韓、台熱門和發達之地。到這些地方旅遊，論舒服，有時可謂說不上。尤其是新疆那十一小時的車程，一直坐到晚上十二時才下榻。車程完結，到達酒店時之欣喜若狂，至今仍歷歷在目。但世上有些美景，不經歷點艱辛，又怎能見證其壯麗？難得有這能歷艱辛的你同行，怎能不多遊幾個「冷門」地方？

有些人會覺得《奇異博士》是超級英雄片、商業片，感到俗套，若我告訴別人，我是因為看了《奇異博士》而生出旅尼之心，別人也許會覺得膚淺。可是對我而言，這齣電影，並非一般超級英雄片，而是處處以明言或暗示方式透露出哲理的電影。加上東方宗教背景，以及傳統尼瓦式建築，更令我這偏好東方文化的人鍾情這電影。要是稍為細心留意人物的對白和動作，或電影中提過的歌曲，查找歌曲產生的歷史背景，也許會發掘出這電影所具有的更豐富的意義。若看過這電影，必定知道奇異博士到尼泊爾加德滿都的 Kamar-Taj，為的是治療雙手以重過往昔頂尖醫生生活。可是他在這趟旅程學到的，除了魔法外，還有放下過度膨脹的自我，接受人生的不完美，以及成全「大我」。可見 Kamar-Taj 可謂給予奇異博士啟發，使其成長的一個重要起點。Kamar-Taj 存在之證實或證偽，或者學習魔法，絕非此行目的，但不得不承認，希望親臨實地，尋找奇異博士的「足跡」，確是此行的一個目的，但更重要的，還在於增廣見聞和成長。

我是慣於作繭自縛的人，常給自己限制，令自己裹足不前。限制自己的原因，往往是自信不足，或害怕缺陷和不完美。縱使成因未必盡同，但難以接受不完美這點跟奇異博士算是有點相似吧？加上你的喜好，跟你出遊，到不同「冷門」地點旅行，正一次又一次突破我對自己的局限，一次又一次令我成長。我是否也能從尼泊爾之旅中，跟奇異博士一樣，有所成長呢？

令人期待的尼泊爾「尋找 Kamar-Taj 之旅」，正式開始！

緣起

第 1 天

啟程

準 備

一天，你提議說：「2018 年的聖誕不如去尼泊爾旅行？」我想：「尼泊爾有甚麼玩呢？平常很少聽到有人去尼泊爾旅行，一般是要登上珠峰的人嘛，那麼尼泊爾到底是個怎樣的地方？當地治安如何，是否安全呢⋯⋯」不過，因著對《奇異博士》的熱愛，我還是答應了，還打算帶上你送的奇異博士公仔，尋找電影拍攝地點拍照。

此後，我便開始了漫長的資料搜集和規劃行程的過程。我跑到不同的公共圖書館借書，限期到了便續借，還了一間的便借另一間的。旅遊經驗分享的、人家到尼泊爾做義工的、介紹尼泊爾文化的，甚麼都借來了。另外還到書店買了一本 2014 年出版的旅遊書。本來也猶豫要不要買，畢竟 2018 跟 2014 相距四年，大家都知道事物有成、住、壞、空，怎麼知道前人所見，我們到尼泊爾去時還存在否？尤其是經歷了 2015 年的大地震之後，尼泊爾各大景區會變成甚麼模樣？況且物價也有上漲之時。世事常變，滄海桑田，這是永恆的道理。可是除了這本書外，就沒有別的旅遊書可以參考了，那就將就將就，將之買下。有種人，即使早就聽過「盡信書不如無書」的道理，但始終覺得有書在手，心裏會踏實一點，那就唯有到網上找些近期一點的資料，作為補充吧。

尋找 Kamar-Taj 之旅

出發

籌備已久、期待多時的尼泊爾尋找 Kamar-Taj 之旅終於要開始了!

從白晝飛到黑夜,飛越雲端與雪嶺,經歷了五個小時的航程,終於到達特里布萬國際機場(Tribhuvan International Airport)。機場面積不大,建築也不高聳宏偉,但單膝跪在褐色磚牆前,說著「Welcome to Nepal」的金翅鳥迦魯達(Garuda)迎接我們,即使刺骨寒風襲人,我們仍能感受到尼泊爾的熱情。

我們乘坐的是尼泊爾航空。一登機,空姐就以聲聲「Namaste」來迎接我們,我們也現學現賣,以「Namaste」回應。座位上的桌板用的是英語和尼泊爾語,加上熒幕中的尼泊爾壯麗風光與名勝古蹟,令整個人都要投入到尼泊爾的懷抱中去。可是食物卻未有尼泊爾的地道風味,還是留待到了尼泊爾再細細品嚐吧。

　　辦好入境手續後，迎來幾幅寫上「I'm in Nepal」的巨型相片，還有一個自拍位置。想來尼泊爾雖然地處高山，似遠離世俗，卻有如此緊貼潮流吸引遊客的設置，可見政府發展旅遊業的一點努力。

　　機場只有兩層，二樓是辦理出入境手續的地方，一樓是登機下機、領取行李之處。從二樓乘電梯至一樓，小小的機場，看來足夠應付所需。

　　規劃過程中，總是擔心時間不夠，只好取捨，巴克塔布和加德滿都一些稍遠的景點，唯有留待下次再訪時遊覽。但想到要往奇異博士學習魔法的國度「探險」，總是讓我雀躍萬分，甚麼擔憂都能放下，就信任自然，相信「船到橋頭自然直」。

　　領取行李，辦好電話卡後，便要找約好了的司機載我們到酒店去。機場一旁萬頭攢動，人們擠在玻璃的另一邊，看著我們這些剛到埗的旅客。他們是等待進入機場的旅客，還是虎視眈眈，準備向遊客招攬生意的司機、導遊或掮客？還有自動門外的的士司機，以及許許多多寫上不同姓名的紙，未暇思索的我們，只有一個目標：盡快找出來接我們的司機，跳到車上避寒，並到酒店下榻。

　　總算順利。找到司機後，他主動替我們拿行李，帶著我們走到開往酒店的汽車。夜中風冷，我們都不敢張口呼吸，只有微張雙唇，細細吸進徹骨之寒。路上時有其他車輛駛過，車上司機見到人們過路，也毫無減速或停下之意，車輛更幾乎要與我擦身而過，可是我們的司機無畏無懼，照樣領著我們前行，真不得不佩服司機之勇敢。

第 2 天

顛簸八小時：
從加德滿都到
波卡拉

車上車下

坐的是早上七時的車，只能摸黑從酒店出發。

剛踏出酒店大門，迎接我們的是初相識但卻親切的寒風。在香港，即使是冬季，也鮮有兩、三度的日子，可是在十二月底的加德滿都，這是常態。路上所見的尼泊爾人，大多穿上羽絨，圍上圍巾，戴上冷帽，奇怪的是兩個香港人，看上去穿得比當地人還少，想是保暖內衣在發揮功用。

開著 Google 地圖，我們在橫街窄巷中右拐左轉，終轉到車水馬龍的大街上，路過凹凸不平的地面，來到 Sorhakhutte bus stop。心裏暗自慶幸，沒有被車撞倒，也沒有掉進坑內。

尋找 *Kamar-Taj* 之旅

　　拿著預訂紀錄，找到汽車公司的負責人，上了車。我們預訂的是第七和第八號座位，負責人卻把我們安排到第二十二和二十三號座位就座。雖然不解，但兩個人生路不熟的香港人，沒有質問或投訴，只在疑惑中默默接受了異國的安排。然後乘客逐一登車，傳來的除了英語，還有普通話。

　　車經過另一站，一些當地人上了車，此時一個觀察入微的操普通話的乘客，發現負責人安排遊客都坐在後面，當地人則坐在前面，看來是為了分開本地人和旅客。或許是到過別處旅遊，有過隨時調動的經驗，加上這種「種族隔離政策」看上去也是善意而合情的安排，主場與作客的人兩相安好，也就接受了。要是給極其尊重合約精神的人

遇上這情況，恐怕要跟負責人吵鬧一番，快快登車，然後在八個小時後忿懟下車，再向親朋戚友肆意發洩，或在網上把該公司數落一番，才能平息不忿。

汽車先駛到南面，轉入高速公路，再向波卡拉（Pokhara）進發。途中經過甚麼地方，我們不甚了了。不時打開 Google 地圖，從 GPS 定位看到自己與波卡拉的距離逐漸拉近，那就夠了。

我們從山陽顛簸到山陰，由北坡盤旋到南坡，偶然一拋，眾聲同呼，忽爾一陷，群蠅亂飛，一片有趣景象，隨山路起伏而起伏，更勝大學那下山的校巴。沿途經過不少山村部落，農舍梯田。又見電線杆上掛著「五線譜」，要填上「音符」，全靠汽車響號，「叭叭叭叭」，徐疾抑揚，處處勢極雄豪。此時，一輛又一輛貨車駛過，發出高音而刺耳的音樂，互相應和。這可算是山中之趣吧。

　　三數小時之後，來到一間餐廳。是早餐時間。我們下車，吃點東西。這餐廳賣的主要是傳統的手抓飯和自助餐。我們選了自助餐，夾了些炒麵、炒飯、煎餅，配上炸魚、炸蔬菜。飯麵和煎餅都熱，炸魚香脆，炸蔬菜和炸馬鈴薯則較軟，散發咖喱香氣，實在好吃，好吃得後悔何不多夾一些。是因為尼泊爾風味本來就好，還是我們初嚐尼國滋味，因新鮮而覺可口？抑或在山上別無選擇，所以甚麼都好吃？又許是我們依山而啗，臨川而食，山川風味增益了食物的美味？飽餐之後回到上車，我們暗忖：要是下次再於此地停留，必定要多夾點食物。

旅程繼續。不久又在另一餐廳停下，是午餐時間。剛吃飽的我們就不再吃了，只在旁邊的 Aroma Himalayan Coffee 點了杯濃稠的 Banana Lassi，買了些零食充飢，然後在附近遠眺雪山。雪山在前，令我們越發期待登山。

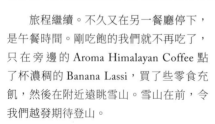

尋找 *Kamar-Taj* 之旅

飯後汽車跨過大河駛過農田，轉瞬已進入城鎮。雪山在一旁與車競走，又彷彿要跑到車站迎接我們。經過波卡拉大學牌坊，終點就近在咫尺。一大清早從加德滿都爬到山上，盤旋上下，千迴百轉，八個小時後，終於抵達波卡拉——雪山安納普娜（Annapurna）藏身青山後方終日窺視世人的地方。下車那刻，實在欣喜！

抵埗

我們的登山嚮導 Indra 的姪子 Sachin 和他的朋友早就在車站等候我們，手中拿著一張寫上我的英文名的白紙，只是連我自己也花了點時間來辨認那個是否自己的名字，畢竟 N 寫反了，名字也略有串錯。不過不打緊，我們以「Indra」一詞來確認彼此，便坐到一旁等候Indra。

Indra 到來後，大叫「My friend」，更張開雙臂，要來一個大大的擁抱。說實在，那次是我們首次會面，我有點被他的熱情嚇倒，但眾人面前，不好意思拒絕，亦不便露出尷尬的神色，只好叫自己冷靜，

迎上去擁抱這個帶點「男人味」的「my friend」，而你也勉強地擁抱了這異國的熱情。Indra 告訴我們，接下來的幾天，他要帶領另一批旅客登山，我倆就由 Sachin 照顧，但在山上會有相遇的地方，還是可以見到對方的。還以為是 Indra 親自帶領，為此心裏暗自有點失望，但既已交託對方替我們準備 TIMS（Trekkers Information Management System 的登山許可證），唯有接受吧。不一會，Indra 要去迎接另一批客人，就登上 Sachin 朋友的電單車，絕塵而去，只剩下我們等候往酒店的的士。

Sachin 把我們送到酒店。我們的酒店房間有陽台，正可望到費娃湖（Phewa Lake）、日本山妙法寺世界和平塔（World Peace Pagoda），以及附近的街景。勞頓了大半天，顛簸得屁股也累了，在這陽台上，沐浴於溫暖的夕照之中，微微的涼風拂面而至，真令人身心舒暢，頓時洗去一身疲累。

尋找 *Kamar-Taj* 之旅

其後 Indra 來了，邀請我們和他跟那批客人一同到 Boomerang 共晉晚餐，想到那是有名的餐廳，我們便答應了。

湖 畔 初 窺

　　還沒到晚飯時間，我們便到湖畔區（Lake Side）的大街上漫遊。湖畔指的是費娃湖畔，而波卡拉（Pokhara）這名字，正源於尼泊爾語中的「池塘」（Pokhari），大概這池塘就是指波卡拉的費娃湖吧？

　　沿著大街往南走，一路上是形形色色的酒吧、食肆或商店，這裏果然是旅遊區。有的商店售賣尼泊爾民族服飾，有的賣著宣稱百分百羊毛或水牛毛或喀什米爾製的披肩圍巾，另外也有兼賣紀念品的書店。其中一家店，賣的是尼泊爾婦女製作的織物、袋子等。原來是由一些讓女性學習謀生技能，支援女性自立的組織所開設的，讓女性製作的產品有銷售的渠道。我們看了看，雖然想支持，但沒有看到合適的商品，也就沒買甚麼東西了。

　　由於臨近聖誕，一些食肆都準備了應節的裝飾或燈飾，在黃、綠、紅、白、藍的五色經幡之下放著聖誕樹，迎接平安夜和聖誕的到來。這裏既存佛教又兼容基督宗教，而不獨尊一教，呈現一片宗教自由與和平的景象。以小見大，東、西方文化在尼泊爾和諧共存，亦可推知。

　　我們走到 The Belgian Waffle Co.，見其以「Hot & Crispy」來形容其窩夫，到底是邪非邪？我們見距離吃晚餐還有一點時間，便買了一份 ice-cream waff-wich（chocolate），一試那「Hot & Crispy」之真偽。窩夫份量不算大，大約是半份香港格仔餅大小，而且確實夠熱，真的很脆，咬下去聲聲作響，清脆悅耳，真是視、聽、味、觸四感俱備。那香脆未知與從爐中取出後以扇搧涼是否有關？至於雪糕，朱古力味相當濃郁，而且融化得慢，不須速戰速決，可以細細品嚐。有些人說在寒冬吃雪糕是應該的，比在炎夏時吃更應該，其故正在於此，正在細味雪糕的我們對這話更加認同了。

　　邊吃邊走，我們來到與舊國王別墅（即現在的軍營）一路之隔的草地外，從矮牆外窺探其中，見到一個大篷頂，其下坐了上百人，面向台上的四個人，台上的許是主持和嘉賓吧，正拿著咪高峰，說著一些我們聽不清楚聽不明白的話。沿矮牆前行，來到草地入口，才知道裏面正舉辦 IME Nepal Literature Festival，門外有人守著，進出均須出示嘉賓證件。這時有一位白髮藍眼的外國人走出來，看上去已有一定年紀，是作家？抑或教授？不曉得。也許裏面坐著的，這些我們不認識的人之中，盡是文學愛好者，甚至有研究生、學者、大教授、作家……只是我們見識淺薄，有眼不識泰山。曾經有一次經過中文大學中菜廳，從玻璃窗往內看，見到三五白髮長者圍坐一桌，看上去跟屋邨商場茶樓裏的無異，但其中有位我所認識的老教授，才令我想到那桌會否全是學術界的老前輩、泰山北斗？要是沒有一個我認識的教授，要是他們全到商場茶樓去聚會，我們可會察覺他們原來學問盈胸，滿腹詩書？眼前那群文學愛好者正聚首於皚白的雪山之下、如茵的綠草之上、寧靜的湖泊之濱、和暖的夕照之中，分享著詩歌與文章，討論著修辭與聲律，我想，他們實在選對了地方，幽美的環境，正宜與同好君子交流切磋，談論文藝學術。

Indra 及其妻兒與一行十五人的內地客早已安坐 Boomerang，等候下單。我們打了招呼，便在一旁的位置坐下。打開菜單，想不到尼泊爾、中式、意式、印度等各地菜式的名字和相片紛紛映入眼簾，令人目不暇給。初到尼國，未敢嘗試手抓飯等尼泊爾傳統食品，還是來一份雞肉串燒、卡邦尼意粉和豉椒魚塊飯，吃些自己吃慣的食物好了。這是怯懦的表現吧？

雞肉串燒在端上餐桌時，已沒有那串起雞肉的竹籤了，烤肉芳香撲鼻，令我們垂涎三尺。豉椒魚塊不過不失，味道較實在，與香港吃到的相仿，只是所配米飯份量較小。卡邦尼意粉味道則稍淡，平日吃得清淡的人或會較易接受吧。

尋找 *Kamar-Taj* 之旅

　　晚餐吃到一半，有十二名表演者登上舞台，準備開始為客人表演民族歌舞。那些樂師、歌手和舞者都穿上尼泊爾傳統服飾，用的風琴和鼓看來古舊，初來的外地人如我們，卻感覺新鮮。身旁的內地客看到精采的舞蹈，有的跟著律動，有的靠近錄影。Indra 見客人有意到台上一展舞藝，便邀請她一同上台，隨著音樂手舞足蹈，揮一揮衣袖，擺一擺纖腰，她的團友看得興高采烈，也把他們共舞的畫面拍下，為他們歡呼。後來有一支舞，由兩對男女表演，從肢體語言來看，似乎是兩對夫妻，女的會扭男的耳朵，男的會用盛器輕輕拍打女的臀部，而其中一句歌詞，聽上去就像廣東話的「洗你粒米呢」，饒有趣味，我們欣賞得最投入。

　　已經吃飽的我們見內地客未有去意，在和 Indra 約好後天出發的時間、地點後便先行告辭，到街上找甜點吃。我們來到 Baskin Robbins 雪糕店，看見裏面有些人在買雪糕，而且可以先試吃才購買，覺得質素應該不錯，於是進去試試看。試了幾款味道，沒多猶豫便買了兩球朱古力雪糕。在冷月照耀下，二人邊吃邊打冷顫邊回酒店，在旁人看來，也許是蠻有趣的景象吧？冬天吃雪糕，果然是一流享受。

第 3 天　→

漫遊波卡拉：

費娃湖、巴拉赫寺、
世界和平塔、摩訶戴
弗洞穴、戴維斯瀑布、
國際山岳博物館

波卡拉早安

　　坐了八小時汽車，顛簸勞頓過後，不想立刻就登上 Poon Hill，勞役雙腿，於是安排隔天才開始登山健行，而這天就先在波卡拉市內觀光，遊覽各個景點。

　　旭日初升，以溫暖喚醒波卡拉的魚鳥和街道，世界和平塔以亮白的身軀領受鵝黃的日光，費娃湖亦張開惺忪睡眼，開始享受晴朗的一天。一切都美好。

尋找 *Kamar-Taj 之旅*

走到街上，雪山又在俯視我們。
是期待我們明天的靠近嗎？

　　美好的早上，必須配以美味的早餐。也許是我們
太早了，旅遊區的食肆似乎都是通宵達旦狂歡盡興
的年輕人，第二天要睡到日上三竿才起牀，只有少
數「早睡早起」的店鋪開門。我們最後選擇了 The
Gurkha's Restaurant，那是一間酒店的餐廳，也接待住
客以外的客人。

　　這裏的早餐有自助餐和套餐可供選擇。我們選了
套餐。一杯蜜桃汁、一杯咖啡或茶，配一份食物。我
們分別點了炒洋蔥香腸煎餅，以及炒蛋牛排炸薯塊配
烤麵包。最出人意料的是「煎餅」（Pancake）。或
許是受了麥當勞早餐的影響，有了既定的觀念，看菜
單時總以為是熱香餅的模樣，想不到端上餐桌時，竟
是像用薯蓉弄成的小圓餅，上面還有好些芝士條，跟
想像可謂大相逕庭。咬下去，總覺得是薯蓉，又有
點莫名的令人稍為卻步的味道，不過太輕微了，我說
不出是甚麼。後來經你一說，才發現是我討厭的薑，
我實在受不了那刺鼻的味道。可是出於對食物和廚師
的尊重，還是一塊接著一塊地送進嘴裏去，無可奈何
地任由似有還無的薑味充塞口腔，薑蓉應該正在擺出
勝利者的姿態，宣佈終於佔領了我的腸胃。此時，一
口足以沖淡薑味的熱茶或果汁，就是對敗者最好的安
慰。至於牛排則稍嫌過熟，難以咬開，炒蛋、炸薯塊
則不錯。不知道酒店多接待胃口較佳的旅客，抑或份
量要與價格相應，這兩份早餐的份量，對我倆來說，
有點多。

　　餐廳與酒店相連，距離我們的座位不多遠，看來就是酒店正門。正門的風鈴和轉經輪為現代化酒店增添了傳統宗教氣息。不知為何，看著這些轉經輪和風鈴，邊吃早餐，人會不自覺地悠閒起來。

遊費娃湖

　　經過 IME Nepal Literature Festival 場地，來到費娃湖畔。看著頭上那寫著路線的價目表，想來想去，也想不通所謂的「雙程」是甚麼意思：是來回，抑或任何兩個地點之間的移動？因為我們想從湖畔區到湖中小島的巴拉赫寺（Barahi Mandir），然後再到對岸，徒步登上世界和平塔（World Peace Pagoda），因此不希望坐到巴拉赫寺又要回到這邊岸，然後再付另一程的費用過對岸。結果問了船家，才確定這邊到巴拉赫寺算一程，巴拉赫寺過對岸算另一程，這才放心付款。租了救生衣，便隨著船家上船。

這天風不大。水天一色，波紋如耕，紅藍相間或黃綠相接的小艇在岸邊整齊排列，靜待啟航，為這充盈於上下的藍色布幕增添七彩鮮艷的顏色，平凡中見美態，平靜中見繽紛。遠方的安納普娜山脈（Annapurna）偷偷露出半張臉，似在窺看我們如何在湖上隨著波浪升降、蕩漾。遊客多從湖畔區往巴拉赫寺，然後回到湖畔區去。或孤舟，或雙艇，槳來楫往，絡繹不絕。不過船家遊客都絕無爭先恐後之舉，亦無喧囂之聲，更無焦躁之心，是湖水的平靜令人心境也平靜下來，還是尼泊爾本來就是從容閒適的國度，人置身其中也感染那安閒與不爭？

巴拉赫寺是傳統的尼瓦式建築，祭祀著地母神 Shakti 的守護神 Ajima 化身而成的山豬。我們沒有進去祭拜，只是在外圍欣賞而已。雖屬尼瓦式建築，但它顯得獨特的是廟身髹上了白漆，而未如大部分同類建築般呈紅褐色。有趣的是，它是第一座我們靠近的尼瓦式寺廟，也是第一座我們見到而不是紅色的尼瓦式建築。是不是我們對紅褐色的「正統」太過執著，以至有了成見，才覺得巴拉赫寺是異類？

不敢讓船家等候太久,匆匆拍照後,就回到舟中,繼續前往對岸。隨著小舟橫渡費娃湖,安納普娜山脈也稍微轉換了角度,那雪白的山巔仍引人注視。

不徐不疾的船凌著瀲灩波光,把我們送到對岸。船家徐徐整理船上的救生衣,稍一停留。沒人登船。船家執槳挪移,用槳一撐,船便開走了。雖載過我們一程,卻只是緣來緣去,聚散匆匆。人各有自己的路要走,他要回到對岸繼續謀生,我們也要登上世界和平塔了。

登妙法寺

　　岸邊餐廳旁豎立了一個路牌，寫著「Stupa 45 minute」，指向用石塊砌成的登山步道。我們拾級而上，沿路都有清晰的指示，不怕迷路。想到世間歧路紛紛，哪會時刻有人能給予明確的指引呢？人們總是在不確定中嘗試，或成功，或失敗，或一蹶不振，或重振旗鼓，或迷失自我，或發現自己。有人篳路藍縷，以啟山林，導人走正路，少走冤枉路，甚至免於誤入歧途，不能不讚歎其偉大。此與佛教之導人向善，豈有異哉？

　　而在我們登山的同時，安納普娜也不再那麼害羞了，漸漸在我們面前展示她的真面目。等到我們登上世界和平塔，安納普娜終於讓我們一睹全貌。遙望著她，真想說一句：「我看雪山多嫵媚，料雪山見我應如是。」

　　雪白的世界和平塔，與鋪上白雪的安納普娜遙相呼應，藍天之下，更襯托出它耀目的美。兩層高的壇上，立著金色尖頂、白色牆身的塔。塔身四面各有一佛像，各自代表佛陀一生的不同階段，且分別由四國所造：正面日本、西方斯里蘭卡、北方泰國、南方尼泊爾。

　　登上佛塔，須先脫鞋。拾級而上，親臨佛像面前，四周的清靜似乎增添了佛相之莊嚴。信徒頂禮膜拜，遊客低聲細語。偶然有一兩遊客造次，放聲呼叫，即被人提點，剎那間，佛塔又回復寧靜，人們繼續以右肩朝向佛塔，靜靜繞行。

　　走下佛塔，見旁邊立了一碑，正面刻上「南無妙華蓮華經」和「立正安國」字樣，文字靈動跳躍，一些筆畫帶點悉曇梵文旁逸斜出的特色。背面則有昭和廿六年日達所書行楷「一天四海皆歸妙法，末法萬年廣宣流布」，以及「廣供養舍利」字樣。

　　碑後種植了長滿紅葉的樹，葉狀似聖誕花，但整棵植物比聖誕花高出許多，不知道這種植物喚作甚麼名字？只見樹身掛上五色經幡，黃、綠、紅、白、藍五種顏色，分別代表佛教所謂形成天地萬物的五種基本元素：地、水、火、風、空。據說只要風一吹，經幡一動，幡上經文就能傳遍天下。此時有一老人拴杖經過，伸手撫幡，不知代表了甚麼？

　　遊覽過世界和平塔，便從另一端入口離開，準備下山。這時突然有一家人，笑容滿臉地主動邀請我們合照。猝然臨之，豈能不驚？心中有千百念頭浮出：是不懷好意的嗎？有沒有不軌企圖？會否想在拍照後向我們收費？沒待我們抗拒反對，猶豫之中的我們就被拉著一起拍照了。合照過後，一家人又笑著登上和平塔。看來，應該不會有事吧？他們，應該是好人吧？看來是當地人，而且到這裏來登塔，應該是教徒吧？教徒應該是好人吧……兩人懷著沒法解開的疑問，徐徐下山。

　　　　　　　　　　下山之途盡是乾巴巴的泥路，九曲十八彎，偶然汽車駛過，塵土飛揚，以手掩面靠邊站，等沙塵散盡，才能繼續下山。

途經一間學校，看上去，孩子都只到小學的年紀。見他們對我們投以好奇的眼神，我們便跟他們揮手，他們也對我們揮手，更露出燦爛而無邪的笑容。回想剛才被當地人突然邀請合照，我們內心只想著對方是否有甚麼企圖，會否是小人之心？這是生活在商業世界太久的弊病嗎？凡事只想著要防備對方，總要提防對方心中有何盤算，就是不肯信任對方，或許尼泊爾的大人小孩大多沒有那樣的壞心腸吧？

到了一個路口，眼見快到西藏村（Tashiling Tibetan Refugee Camp），看著 Google 地圖卻不知該直走還是轉入小路，還好得善心居民指引，走進小路，抄了捷徑，穿過大小民居，平安順利抵達西藏村。此時再想，其實我們真的不該以小人之心度尼泊爾人之腹。

西藏村

旅遊書說西藏村是一些來自中國境內的藏民的聚居之地，藏民以出售紀念品維生。不過書中也提醒我們，西藏女子很會做生意，如果真的要買東西，就要好好議價了。我們只見三兩遊客走到攤前，看看飾品。我們也抱著見識的心態，大膽走近一點，那些藏民見我們稍稍靠近，便趨前歡迎，叫我們入店細看、挑選。我們有點嚇倒了，只是揮揮手表示不進店，只在店外繞了一圈便迅速離開，心想此地真的不宜久留。尼泊爾有不同種族聚居，看來各族還是保留了各自的特色：尼泊爾人的純樸、藏民的進取。

尋找 *Kamar-Taj* 之旅

徐步離開西藏村，看見有一二身穿整齊校服的男女走在街上，他們都下課了。他們漫步，另外有些則在一家零食店前駐足，買零嘴吃，看見了不禁想起小時候下課回家，母親帶我到「士多」買零食。薯片、「咪高峰」糖果、透明煙斗包裝的朱古力……那是小孩子最暢快寫意的時光，如今已泛黃得叫人懷念。

摩訶戴弗洞穴

從西藏村轉出大馬路，來到摩訶戴弗洞穴（Gupteshwar Mahadev Cave）入口。走去後簡直想像不到可以通往洞穴，只因入口周圍滿布商店，總令人有點懷疑。不過我們在店間小巷中，按照指示牌，最終走到洞穴售票處。果然，凡事都不能只看表面。

洞穴入口旁有一巨型毗濕奴像，祂躺臥在千頭巨蛇舍沙之上。梵天是從祂的肚臍出生的，而濕婆在其額頭出生。現代人聽了大抵不信。不過古代的聖人，似乎總有神奇的經歷，諸如「玄鳥生商」、姜嫄踏到腳

印而生周祖，雖然我們都視為神話，但他們卻因這些奇異遭遇而予人與
眾不同、超凡入聖之感，也許這是神話存在的一個目的吧？

　　據說曾有一位修行者，夢到這個洞穴裏有濕婆神像，於是入洞查看，
結果真的發現神像，便在此處祭祀濕婆。神明是神聖的，不許人拍攝，於
是我們只拍攝洞穴的鐘乳石，以及洞穴深處、裂縫之中見到的洞外瀑布。
回頭走到神像時，聽到當地人叫一個遊客刪掉相片，想是人家拍下了神像
吧？閒事莫理，還是趕快離開既黑且濕的洞穴，走向光明吧。

戴維斯瀑布

戴維斯瀑布（Devi's Fall）就在摩訶戴弗洞穴對面，入口也給商店遮擋，不過入口離馬路不遠，很快可以確定自己沒走錯路。

為何它叫戴維斯瀑布呢？瀑布旁的簡介這樣說：1961 年，瑞士人戴維斯太太（Mrs. Davis）與其丈夫在此處洗澡，結果她被河水沖走，於是人們把這裏叫作 Davi's Fall。

或許因為是旱季吧，水量不算很多，氣勢不算太大，跟簡介圖迥異。眼前河水輕輕流過，淙淙水聲悅耳。直到流至懸崖處，卻因洞穴的回音而令人聽出些許澎湃之感，才挽回幾分瀑布的「面子」。

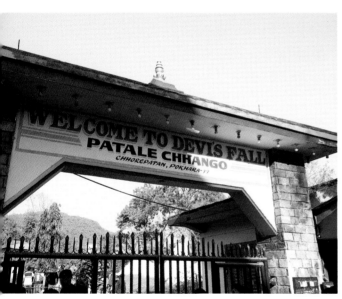

午飯

參觀完洞穴、欣賞完瀑布後，便是食飯之時。隨便進入一家開在瀑布附近的食店，點了炒麵、手抓飯（Dal Bhat）和可樂。

這是我們第一次吃手抓飯。店家很好，為明顯不慣於用手吃飯的異地人提供匙子，讓我們能享受這傳統風味。豆子湯（Dhal）鹹鹹的，Talkari（馬鈴薯、花椰菜等）、豆子和炒青菜都好吃。炒麵加了雞肉，

味道可口。吃完後請店家代為叫了一輛「的士」，趕往國際山岳博物館去參觀。雖然「的士」沒有「TAXI」字樣，也稍為有點破舊，但由於麻煩了店家，而價格也可以接受，那就上車吧！

國際山岳博物館

驅車前往博物館，只消十分鐘便到了。買了門票，發現比旅遊書所寫的貴了近一倍。想不到四年間的變化，竟如此的大。

從停車場走向博物館，中間有一段路。和煦的日光照耀著路上用磚和石頭砌成的小塔，上面寫著「Dedicated to mountaineers who lost their lives」，四邊有五色經幡圍著。相信有太陽的溫暖，加上後人的紀念和祝福，這些葬身山頭的登山客，一定會安息的。有時覺得，人是自然的一部分，人和山是難以分開的。有人熱愛登山，不知他們覺得死於山中，是否有像士兵戰死沙場、車手命喪賽車場那樣的榮耀？想到多少年來，專程來到尼泊爾，要征服珠峰的人車載斗量，死在珠峰手上的人多如恆河沙數，畢竟那是地球的一極。登峰造極，能平安回來，對某些人來說多少要點運氣，性命，可能是撿回來的。這不也提醒我們，要敬畏大自然，不要犯不可犯的鋒芒嗎？看著這小小的磚塔，只希望正身處雪山的人能平安回家。

經過小水池，來到頂部設計成三個山峰似的國際山岳博物館。這跟甲骨、金文中的「山」字如出一轍。三個山峰，想是代表了眾多的山峰吧？凡三則多，其他古文字呀，或者「三」的詞義也有這樣的線索。不

過我讀過的書始終不多，沒有見過這樣分析「山」字字形的，且讓我不負責任地作這不太可靠的聯想吧！只是覺得，眾峰並立，兩兩聯袂，無遠弗屆，屏藩全國，這不正是高山神國尼泊爾的寫照嗎？

　　進入館內，便覺空間甚是寬敞。博物館以天然採光為主，輔以日光燈，光線尚足，不會刺眼。遊人不算多，毫無人山人海之感，想看甚麼展品，都可慢慢欣賞，很是舒適。這跟假日的香港博物館可說是天淵之別，或許是因為這裏並非甚麼特別吸引的博物館，沒有甚麼非看不可的展品？設備簡單的博物館內，陳列著民族文化、動植物、環境、地質和登山歷史等資料及展品。民族服飾及日用品、高山植物品種、山嶺的形成過程、全球暖化的影響等相關資料，都能在這裏找到，適合唸地理的人來參觀。

其中最令人印象深刻的，當然是冰川的對照圖。博物館貼出 West Rongbuk Glacier 在 1921 年和 2008 年的相片，以及 Kyetrak Glacier 在 1921 和 2009 年的相片，兩處的 Average Vertical Glacier Loss 分別為 101 米和 94 米，實在驚人。更直觀的，是冰雪的覆蓋面大幅縮減，Kyetrak Glacier 的冰川更融化成湖了。溫室效應的後果、全球暖化之嚴峻，還是留待專家解說，我不能班門弄斧，只能無力地循例說一句：趁現在，好好保護環境，不然就後悔莫及了。

參觀過後，打算去看看紀念品商店，卻遠遠望見它未有開門，或者是已經關門了？於是，我們走到草地上看雪山看夕照。淡紅微暖，低低地照射到雪山之上，令山嘴與山谷的層次更分明，整座山更形立體，呈現出一種稜角分明的美。黑白就在這中間劃分了楚河漢界。正沉醉於拍照期間，突然聽到遊人大叫「有雁」，此時便見雁群結隊，秩序井然的以「人」字陣式在眼前飛過。遙想從前讀過的「鄉書何處達，歸雁洛陽邊」，「雁字回時，月滿西樓」，還有「雁過也，正傷心，卻是舊時相識」，解釋都說雁會排成「人」字，傳送家書，作家藉以寄託思鄉懷人之情，今天終能一睹「雁字」真貌了。不知眼前的大雁，又帶著誰的鄉書、要帶到哪裏去呢？獨守空幃的思婦，這一回又能等到家書嗎？要是大聲疾呼，向雁群詢問，會否得到回應呢？只是古人所說的「鴻雁不堪愁裏聽」，或「雁陣驚寒，聲斷衡陽之浦」，都不適用於今天，皆因鴻雁一聲不吭，只是悄然經過。看來牠們只是眼前的過客，並沒帶來歸人的書信。

　　雁過人散，其他遊客都徐徐離開，我們多拍幾張照片，見天色漸沉，回頭看了一下染著淺橙色的卷雲，便徒步返回湖畔區。沿途所見，是立在路旁的低矮房子，以及駁著綿長電線的電線杆，到過尼泊爾旅遊的人都說這些電線是尼國特色。暮色之中，一條條電線，看上去仍覺像五線譜，落在屋頂的水箱，是掉下了的音符嗎？一片蒼茫自遠而至，我們經過波卡拉機場，跨過凹凸不平的地面，漸漸看見掛上燈飾和經幡的樹，人也似乎多了一點。看到「No lake! No more lakeside!」和「Save Fewa Lake」，就知道我們回到湖畔區了。不過，為甚麼會有人寫出這樣的字句？湖畔區的發展如何危害費娃湖？是因為五光十色的酒吧帶來了紙醉金迷的生活，騷擾了費娃湖的寧靜，污染了費娃湖的一汪澄明？

寻找 *Kamar-Taj 之旅*

吃一口古色古香的風味

　　回到湖畔區，是時候吃晚飯。看到一間仿古木建築餐廳，那是 Hungry Eye，還有旁邊的 Moon Dance，兩間餐廳旅遊書都有介紹。我們翻了兩家餐廳門前的菜單，看了看價格，沒有太吸引。再看看裏面整齊的桌椅，以及屈指可數的食客，猶豫了好一陣子，該選哪家呢？好像沒甚麼分別。最後還是走進古典風情濃厚一點的 Hungry Eye。隨意點了有肉有馬鈴薯或薯條的餐點，配上一杯汽水。肉稍嫌乾了一點，馬鈴薯卻不錯，也許是因為下汁去煮。我想，來這裏，吃的是傳統的風味，而不是食物的美味，試圖安慰自己。

　　用餐完畢，就去街上走走，一直走到酒吧林立的地帶。看見各式商店都張燈結綵，擺放出透光的雪人、小狗裝飾，又有酒吧派出員工打扮成聖誕老人，戴上雙眼交叉、嘴巴上揚的頭套，眼和嘴還裝了燈的呢。遊客都爭相跟他合照，不知合照過後，有沒有光顧那酒吧呢？這滿街遊人，燈火通明的地帶，與燈光昏暗、食客寥寥無幾的 Hungry Eye 那邊，真是天淵之別。波卡拉被開發成旅遊區，引入不少酒吧旅館，吸引

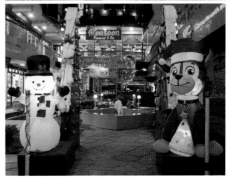

了眾多外地旅客，人們匯聚於此，是正常不過的事。只是一些看上去較具歷史的食肆，似乎沒有得益於旅遊的發展。人人臨湖暢飲，歡呼狂歌，似要不醉無歸。Hungry Eye、Moon Dance 一類的餐廳，卻沒出甚麼奇謀來吸引客人，似乎還在被動地呆望一個又一個過客，過其門而不入，叫餐館維持冷清的畫面。餐廳沒甚麼進帳，目光就越發黯淡，隱隱透出餓意，看來是一種對招呼食客的機會的等待，也是一種對老舊事物復甦的無力的期待。可惜月下共舞的人們，不在 Moon Dance，而在數十百步外酒吧的震撼音樂裏。

　　這夜，我們在躡足而至的酒吧勁歌中，漸漸入睡。

第4天　→

始向
Poon Hill 行：
Nayapul 至
Banthanti

緣起

　　為甚麼要登上 Poon Hill？一來因為《奇異博士》中有登上聖母峰的
情節，令我也嚮往一登異國高山，即使不是聖母峰也好；二來是尼泊爾
位處喜瑪拉雅山脈南沿，坐擁多條登山健行的路線，每年到尼泊爾登上
不同山峰的人不計其數，這次到尼國旅行，豈能不花上幾天，觀賞雪山
勝景呢？聖母峰被視為世界第三極，我們抱持對大自然的敬畏之心，敬
而遠之；也由於初到異域登山，不打算挑戰高難度的路線；更重要的是
我們沒有那麼多的時間完成旅程，因此沒能踏足奇異博士所到之處（其
實他也沒有真的踏足過啦）。於是我們還是以 3210 米高的 Poon Hill 為
目標，花四天深入神國的高山，淺嘗給雪山圍繞的滋味好了。

前往 Nayapul

　　跟登山嚮導 Sachin 約定了，早上八點在酒店樓下集合，他會請朋友
開車載我們到起點 Nayapul。不知道跟一個尼泊爾人相處四天是怎樣的
呢？很快便會知道。

　　車先駛離市區，然後直奔山上。一個豎立在路邊的鐵牌歡迎我們到
了被譽為「喜瑪拉雅觀景台」的莎朗闊（Sarangkot）。不過我們沒有
登上那個觀景台，仍沿車路一直往深山進發。沿途有一些小型建築：藍
屋頂白牆身的學校，搭上鐵板屋頂的石砌屋，旁邊總有些陽光跳動的梯
田，還有用稻草搭成的大鐘小鐘，不知會不會發出沉穩雄厚發人深省的

尋找 *Kamar-Taj* 之旅

聲音？看來沒有。山上就是一片寧靜，除了汽車駛過的引擎聲和汽笛聲，不過「笛鳴山更幽」。

　　坐了一個多小時的車後，我們到了 Nayapul。下車稍作休息，Sachin 買點吃的，我們也去解手，跟 Sachin 的朋友道別，然後正式開展四天三夜的 Poon Hill 之旅。

　　沿途見到不少登山客，背著七彩繽紛的大包小包，風衣、帽子、登山杖和厚底鞋都齊備，看上去相當專業。反觀我們，就只有厚底鞋，登山杖雖然帶著但暫時沒有用上，身上穿的是棉布衣和牛仔褲。專業嗎？談不上。不過，大家的目的地也許不同，所帶的裝備也自然不同。我們跟他們，或許就是適百里者與適千里者，各有所需，不必比較，也不必覺得自己比不上人家。遠足就是要視乎個人能力和需要而調節的一種活動，要時刻自我察覺，毋須與人攀比。

　　途經大小旅館和各式商店，踏上巨石溪流上的吊橋，走過住滿雞羊的小屋，彷彿進入了一個小小的社區，一個與世隔絕的桃花源，一個雞犬相聞、碰面都是熟人的寡民小國。那是市區難有的寧靜。

寧靜漸為水聲所取代。山坡之下，是滾滾的河流，其中巨石亂佈：
或踞中流，像不怕洪水、赤身在河中救出受困災民的勇士；或處兩岸，
似靜觀洪流、注目於逝者如斯不捨晝夜的路人。這些巨石，有的尚且稜
角分明，有的卻已渾圓如球，自從唸大學時聽到教授以石喻人，以後每
次見到河裏的石頭，就想起那比喻：稜角分明的像初出茅廬的年輕人，
遇事容易衝動，率爾與人抗衡；渾圓如球的像飽經歷練的老年人，處事
圓融通達，不易與人為敵。從地理觀照人生，體悟世情，還是年屆耳順、
頭髮都給世事削落得七七八八的老師才能做到。科學與人文的距離，其
實並不如人們想像中那般遠。這時，安納普娜保護區的歡迎牌和前面的
工程也臨到我們面前。

　　在安納普娜保護區歡迎牌旁拍了照，作為正式進入安納普娜峰範圍
的紀錄後，迎來了河上和對面山坡的工程。山坡經過人工平整，本來鋪
滿高下參差深淺不一的綠，灌漿後都成了深灰與慘白，頓覺色彩單調且
了無生氣。斜坡還開出一個山洞，是隧道嗎？要通往哪裏？怪手將沙泥
挖起，掉到一旁，還有在鑽地的。工人都在棚架上往來，為工程而忙碌。
可是更吵耳的更在前頭。矗立的水泥巨柱，一根根立在河面上，旁邊弄
了個斜坡。高起的是堤壩？工程車輛你來我往，進進出出，運輸建築材
料，好不繁忙。那是甚麼工程？Sachin 說是在築橋。為甚麼要築橋呢？
沒問出口，沒有求個答案，只把疑惑和因看見自然環境被破壞而悶悶的
感覺一同放在心裏。

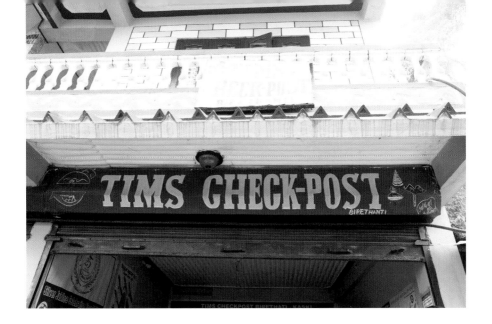

Birethanti

　　不一會，我們就走到第一個 TIMS Check Post，是位於 Birethanti 的。雖然看上去這個地名中有「re」，但原來讀「de」而不讀「re」。由 Sachin 替我們辦好手續後，TIMS 繼續由他保管，因為沿路也會遇到 Check Post，要再做登記，待完成整個旅程，他會把 TIMS 交給我們。我們也就麻煩他暫時替我們保管了。

　　踏上跨河大橋，從那整修過的河道上走過，便向 Ghorepani 進發。穿過大大小小、眾彩紛呈的房子後，我們走上乾巴巴的泥路。一輛汽車駛過，立刻塵土飛揚，Sachin 將本來戴在額上的頭巾拉下，蒙住了半張臉，說這樣就不怕「吸塵」。我們沒有頭巾，也沒有口罩，只好轉身停下，等到沙塵稍為回復平靜，才繼續前行，這時 Sachin 拋離了我們好一段路程。

　　被塵土包圍的我，想到古人造字，以三鹿一土會意，合眾鹿奔馳致令塵土飛揚之意來表示塵。為甚麼是鹿？王寧先生解釋是因為鹿為群居動物，成群行動，而跑步的動作優雅輕盈，揚起的是細小的塵土。如若倉頡再世，面對當前景象，可會造一個「三車一土」的字來會出塵意來？這樣會不會更能反映漫天塵土令人困擾的感覺？還是不宜亂想，以免損害了古人製字之意。

我們在山谷中邁步，對面山坡滿是梯田，還有幾間小屋。要過對面，就得跨過吊橋，越過水晶般澄明的河流。這樣與世隔絕的地方，真像陶淵明筆下的桃花源。我問Sachin：「對面有人住嗎？」「是有的。」「住在這裏，要是生病了，怎麼辦？」我竟然擔心起這裏的人的健康來。「那就要到城市中去醫治了。」也就是說，要從山谷中，走我們剛才的那段路，再坐個多小時的車？會延誤診治嗎？真叫人擔心。世外桃源有其寧靜與和平，卻不及城市設施齊全。這裏的生活，真的如陶淵明所想般理想嗎？這時一隻挺肥美的公雞在我們跟前悠悠地走過，一副無憂無慮的樣子。牠也很享受這裏的生活吧？也許我們不用杞人憂天，反而應該好好欣賞周圍的美景呢？對的，我們脫離城市，走進山林，為的是山間野趣，而不是憂慮。

　　放眼望去，一棵棵長得茂盛的植物矗立土坡之上，結著小小的橙色的果實，我問Sachin那是甚麼，他答：「是橙。」當了城市人那麼多年，吃橙無數，卻不曾見過真正的橙樹！看來這回健行，不只欣賞風景，還有學習。

　　這天陽光普照，早上我們還怕山上會冷，多穿了件衣服，豈知越走越熱，走得汗流浹背，悔不當初。還好，這時我們來到吃午餐的地方：Anjana Restaurant，可以整理一下衣裝，把沾滿汗水的保暖衣物脫下風乾，然後好好品嚐我們在山上的第一頓飯。

　　點了餐後，我打算到餐館外上洗手間，順便曬曬太陽，在附近拍幾張照。Sachin 跟了出來，我告訴他我拍些照片就會進去，他才放心。他似乎擔心我亂跑，不知會到哪裏去，恐怕我會有甚麼意外，他負擔不起，因此要盡他的責任，確保我的安全吧？

　　餐館外，我看見一些長著紅色葉子的花，覺得有點像平時看見的聖誕花，但它們長在細長卻有力的枝條上，伸入藍天，引人仰望，與種在盆中供人俯瞰的矮小聖誕花大相逕庭，看來並非同一品種。Sachin 告訴我們，這種花叫 Lalupate，lalu 是紅色，pate 是葉，合起來正好精確形容這植物的最大特色。之後沿路都見到 Lalupate 的身影，彷彿是 Poon Hill 派來迎接我們上山的使者。

回到餐館不久，食物就送上餐桌。我們吃的分別是蔬菜和蛋炒麵，以及雞肉炒麵。炒麵在尼泊爾叫作 Chowmein，跟中文的發音也很相近，不知道是否從中國傳入的呢？一旁的 Sachin 則點了尼泊爾傳統手抓飯，吃完了一盤，老闆娘再給他添飯添扁豆糊，能吃到飽，看來他很滿足呢。

　　飯吃得七七八八之際，與我們在同一餐館用膳的一名外國人——看來是加拿大來的女人——在結帳時，跟老闆娘起了爭執，替她背行李的挑夫代她跟老闆娘溝通，他們似乎沒有弄清該收多少費用，於是小吵起來。想不到在尼泊爾這和平的國度，在這寧靜的山中，也有這樣不和諧的畫面。還好 Sachin 替我們結帳，一切順利。

向 Ulleri 進發

　　吃飽了，就繼續向位於海拔 1960 米的 Ulleri 進發。途經 Hile 和 Tikhedhungga，路上有不少石砌小屋，屋外長滿我們不知其名、品種各異的花，黃的、紅的、紫的，全在綠葉之上、青山之中，為尼泊爾人和外地遊客展現繽紛的色彩，真是賞心悅目，不禁令人想起尼泊爾國歌《唯一百花盛開的國度》。首兩句歌詞寫道：「百萬花朵編成的花環／這就是我們尼泊爾」，看來所言非虛。

從百花之下走過，途經無數梯田，踏過 Kadoorie Agriculture Aid Association 捐建的鐵索橋，在石磴拾級而上，走得人氣喘吁吁。後來遇上驢隊回家，Sachin 會叫我們背靠山坡，面向驢群，以免牠們咬我們的背囊。第一次遇到驢的我們，按 Sachin 的指示，望著驢群回家，也趁機休息一下。這時回首，遐觀無垠的上天，俯瞰梯田與小屋，眼前這種在城市中看不到的景色，令「天高地厚」不再只是成語，人果真渺小。待驢和主人回家後，我們繼續前行。轉過不知多少個彎後，突然望到兩山之間有一白色山峰，終於感覺到我們與雪山越來越近了！再往上走，青山像是往兩邊移開，為我們介紹兩個相連而鋪上白雪的山峰。能在山中一窺雪山面貌，還是第一次。我們似是得到了獎勵般，心中微微欣喜。

尋找 *Kamar-Taj* 之旅

然後我們走到一間長形房子，外圍飾以三角形彩紙和一串串燈泡。走到正門，才知道是間教堂。Ulleri 的大人和小孩都在音樂伴隨下忙東忙西，似乎在準備開派對。對啊！這天是聖誕，人們自然要慶祝了！

尼泊爾人大多數信奉印度教，其次是佛教，但 Sachin 告訴我們，這是一個宗教自由的國度，自由得即使是印度教徒或佛教徒，也可以上教堂、開聖誕派對的，他們沒有規定只能信奉一種宗教。自由真好。

下榻 Banthanti

離開教堂不久，我們便走到 Banthanti，來到這夜下榻的 Hotel Four Season。粉紅色的外牆特別醒目，藍色屋頂似乎可與青天融合在一起。拿了鑰匙，進入房間。床和被褥都乾淨，供電穩定，從玻璃窗往外看，滿眼綠葉，綠意盎然。放下背囊，稍事休息，向 Sachin 點餐後便到外頭拍張照。夕陽那橘紅的餘輝灑落雪山，又是一幅動人的景象，如果登上 Poon Hill 山頂也能看到，就好了。

晚餐準備好了。我們吃的是 momo，也就是餃子，還有咖喱雞肉飯和熱茶。想不到飯後還有水果：切好的蘋果和香蕉，方便進食，Sachin

照顧得真周到。和我們在同一處下榻的，是三個同樣來自香港的女生。聊了幾句，才知道她們那位嚮導懂得說廣東話，真厲害！那嚮導看上去風趣幽默，想來她們一路上必定有不少趣事，令這高山健行增添不少趣味和快樂回憶。她們又跟我們分享食物，讓我們品嚐不同味道的momo。也許人們會懷疑尼泊爾的食物沒有甚麼質素，亦不像台、日、韓那麼多種多樣，但其實這裏的食物簡單而味美，這正好體現尼泊爾的特點。尼泊爾人的生活就是簡樸，但其中又多姿多彩，也許可以用「質而實綺，癯而實腴」來形容。

吃飽之時，見天已全黑，就到屋外觀星去。山中沒有甚麼光害，只有屋內透出的燈光，也無礙觀星。當然，用相機拍下就更能看清滿天星斗了。沒有正式學過觀星的我，只記得朋友教我怎樣看獵戶座，這晚也見到了他！他那腰帶閃閃生輝，惹人注目，很好辨認。至於其他星座，我卻不甚了了。就算打開觀星用的應用程式，對著星空比對，也看不出甚麼來。現今科技發達，網絡上資訊多得泛濫，有些技術或知識可以找「Google 老師」或「YouTube 老師」去學，但是不是所有學問都可以不靠老師指導就能學會、學得好呢？愚魯的我看來還是得向老師請教才行，只有老師在旁指導，我才能知道自己的不足，從而發憤改進。要是這時有位觀星老師在旁指點迷津，觀星興致一定更佳。斗轉星移，漆黑之中寒風刺骨，即使吃得飽穿得暖，還是冷得鼻水直流，多拍幾張照就回屋內，在火爐旁取暖好了。

火爐用一個黑色的大鐵桶製成，開了個放乾柴的小口，上接煙囱，旁邊放著些斬好的柴枝。第一次見到這種火爐，雖然它看上去有點簡陋，卻能為我們帶來無限溫暖。嚴冬之中，有了它就是簡樸而切實的幸福。我們還將洗好的衣服晾在圍在火爐四周的支架上，等待烘乾。不多久，時候不早了，火爐只餘點點星火和一層灰燼，溫暖漸漸化為寒冷，我們只好把還沒乾透的衣服晾在架上，返回房間睡覺去，準備第二天的行程。

第 5 天　→

極頂落陽：
Banthanti 至
Ghorepani、
Poon Hill 觀夕陽

迎接初陽

早上七時許，打開窗戶，見到啟明星已高掛天上，作旭日的開路先鋒，為這高山帶來最早的光明。遙遠東方天空一抹橘紅，聯接著淡黃，其上的淺藍和深藍醉人，令人興奮得要立刻跳下床，跑到室外去迎接晨曦。當然，不能擾人清夢，再興奮也應該躡足而行。走近廚房，聽到裏面傳來搖鈴響聲，原來是女主人在拜神。搖鈴是為了告訴神明，她正在進行祭祀。女主人見到我，我向她點頭打招呼後，便走到屋外去看日出了，她也繼續忙她的。

看日出總是要冒寒風，過去我曾因睏和寒冷而不願看日出，但這次登上尼泊爾的高山，機會難得，而且為了美景，再冷也值得。憑欄放置好相機，拍下近處闃寂的黑山，還有遠方被雲海圍繞的群峰。當然少不了為奇異博士拍一張剪影。眼前如斯美景，真是可遇不可求。

初陽漸升，照亮了群山與草木，也溫暖了人們和牲口。

帶給人溫暖的，不只太陽，還有桌上那香噴噴
的早餐。這天吃的是煎蛋、麵包和咖喱馬鈴
薯。另外，當然少不了熱飲一杯。寒冬之中吃
到這早餐，這真是簡單而暖人心脾的幸福。

從旅館出發，不時見到夾在青山之中的魚尾峰
（Machapuchare），就自然而然喚起不懈之志，
要努力登上 Poon Hill，正面欣賞她。

吃過早餐，趁尚有一點時間才出發，我們又走
到屋外，沐浴陽光，領受大自然所賜予的登山
力量。充滿能量之後，便踏上前往 Ghorepani
的路，期待下午到 Poon Hill 欣賞日落。Sachin
告訴我們，由 Banthanti 去海拔 2874 米高的
Ghorepani 的路只需四小時，我們都有點欣喜，
想不到那麼快就能完成今天的旅程。當然，可
能是因為海拔較高，空氣稀薄，這天路程短一
點，我們會容易適應一些。的確，走著走著，
也會覺得較昨天容易喘氣，需要多次休息。

增廣見聞

　　在山中轉到一處，遙遙看到對面崖壁上有個半圓形的東西，很是好奇，便問 Sachin 那裏有甚麼東西，他說是蜜蜂。當地人原來會在崖上採蜜蜂，當作藥物使用。後來看到 Gurung 族人到崖上採蜜蜂的片段，真可謂動魄驚心。他們將竹劈開，織成粗大的繩索，然後在兩條竹索之中插入多條橫木，製成吊梯。然後將吊梯放到懸崖上，再派其中一些成員爬下去，用長竹拆下倒掛在懸崖下的蜂房，讓蜂房掉進從崖上垂下來的竹籃內，再由崖上的成員拉上去，最後用竹籃將蜂房中的蜜蜂和其他雜質過濾掉，就能得到甜美的蜂蜜。這份甘醇的甜蜜，亦因親力取得而昇華。但這工作對勇氣的要求實在太高了。懸崖峻峭，畏高者絕對不能勝任，加上群蜂圍繞，只聽到聲音已叫人害怕，雙重恐懼夾擊，如何能泰然自若地採摘蜂房？有些年長的採蜜人雙手都被蜜蜂叮得全腫，年輕時的痛楚，如何熬得過？單靠工作的艱辛與偉大所換來的崇拜與讚譽，是否足以彌補那辛酸？從片段中 Gurung 族人自得的笑容看，相信是可以的。Gurung 族人住在山中，靠山吃山，用最自然的材料，製成最簡樸而結實的工具；付出血汗，取得大自然賜予他們的寶物，這種生活真不是住在城市的我們能夠想像的，但由此，我們可以明白，這些寶物得來不易，必須珍惜。感謝尼泊爾人給我們這寶貴的提點。在山中，人總是能學到最簡單而又最易被忽略的，甚或知易行難的道理。

　　要珍惜的，何止蜂蜜？登山過程中，總會見到一些用前額和背部背著重物上山的挑夫，有些固然是登山客所聘請，替他們背行李的，但有些是為山中旅館帶物資的。甚麼瓶裝水、汽水、韓國麵之類的，相信都是他們帶到山上，旅客才能嚐到城市風味的。Poon Hill 這路線算是開發

得不錯，旅館、餐館很易找到，很適合登山者行走，要不是挑夫的付出，我們在山上如何能享受舒適的環境？好些挑夫長年累月地背重物，背得頸椎、脊椎勞損，叫人於心何忍呢？這最微卑的付出，也是最值得人們珍惜的偉大。

　　山中值得人們注意的事物多的是。走著走著，見到路邊放著兩塊石頭，上面用紅漆寫上尼泊爾文和英文，其中一塊寫：「WE ARE IN TH MOVEMENT FOR TO ESTABLIT Scientfic SOCIALISM!」，處名「N.C.P.」，另一塊則寫上「One Solution, Revolution.」。Sachin 告訴我「N.C.P.」就是「Nepal Communist Party」，即尼泊爾共產黨。

　　尼泊爾共產黨在近代尼泊爾歷史中扮演重要角色。簡言之，基本上尼泊爾一直由國王統治，20 世紀中葉曾一度開始政黨政治，但內閣更替頻繁，政局不穩，國王因而親政，至 1990 年才由國王親政體制轉為君主立憲制。但政治沒有因此而穩定，尼泊爾共產黨毛澤東主義者在 1996 年發動武裝鬥爭。2001 年，連同國王在內的王族成員被殺，此後毛澤東主義者發動罷工，更與軍隊戰鬥。繼位的國王借軍隊鞏固自己的權位，頒布緊急事態令，管控媒體，限制人權，又逮捕反對派。政黨與毛澤東主義者合作，而參與抗議行動的人亦大為增加。直至 2006 年，國王才宣布恢復議會制度。2008 年的議會選舉中，毛澤東主義者成為第一大黨，並於第一次會議宣布尼泊爾廢除王制，改行聯邦民主共和制。現在的尼泊爾共產黨，則是由尼泊爾共產黨（聯合馬列）和尼泊爾共產黨（毛主義中心）於 2018 年合併而成。不知道石上的「N.C.P.」會否就是這合併而來的尼泊爾共產黨？

　　不知道尼泊爾人對政制改變有甚麼想法呢？不敢跟 Sachin 討論這些。也許「山中不應牽涉太多政治」，我們還是欣賞山水草木吧。聽到流水之聲淙淙，斜坡下滿眼綠色，其中有一白水從長滿苔蘚、鋪滿枯葉的大石之間流過。這裏一條小支流，那裏一條小瀑布，全流向那浮光閃閃的透明之中。那綠也豐沛得像要滿溢一樣，簡直伸手可掬。

斜坡之上，卻是綠葉之上鋪了一層白色粉末似的霜雪。凸出的石塊下，則滿是冰掛，晶瑩剔透，光滑無比。水珠沿冰掛往下墜，流到枯葉上去。這段路，樹長得高，陽光不易透到路上，我們才能見到亞熱帶地方難以看見的景色。曾聽說有香港市民在寒冬中登上大帽山，希望一睹結霜「奇景」，結果因路面太滑，消防員也難以拯救，而被廣大市民責罵。我慶幸自己不用冒那些險，也能看到「霜被群物秋」的景色。

　　登上一片小平地，一旁有由石塊砌成，略似塔的東西。兩層的平面，正適合登山客放下背包，依靠著休息一下。若要坐上去，就難一點了。「塔」上豎立了一塊石碑，上面刻滿尼泊爾文，我們完全看不懂。會不會有類似國際山岳博物館外那紀念死於山上的人的塔的作用？還是一些保佑登山者之類的說話？無論如何，登山客能在此稍事休息，這功能已很重要。

略為休息之後，我們登上海拔 2430 米高的 Nangge Thanti。看到一間叫做 Hungry Eye 的餐館，想起波卡拉那間 Hungry Eye，不知道二者有沒有關係呢？

　　還沒肚子餓的我們繼續前行，竟見到一群水牛伏在地上一邊午睡，一邊曬日光浴。在這寒天之中接受太陽賜下的溫暖，真舒暢。真的，要趁未被人宰割前就好好生活，否則死後甚麼都無法享受了。印度教在尼泊爾是第一大宗教，印度教主神之一的濕婆坐騎正是公牛南迪（Nandi），牠同時是歡喜之神，因此尼泊爾人都不吃牛，只吃水牛。Momo 中的牛肉正是水牛肉。既然那群水牛正在享受和暖的陽光，我們也不好意思打擾牠們了，趕快到下一個休息點，用熱飲來補充能量。Sachin 也為我們端上了一些餅乾，不過我們還不餓，餅乾因而顯得有點多。

尋找 Kamar-Taj 之旅

抵達 Ghorepani

　　休息過後，繼續上路，走了一個多小時，終於要進入 Ghorepani Poon Hill 範圍了！牌坊上的「Welcome」和「Namaste」都歡迎著我們，終於見到目的地的喜悅和興奮令我們忍不住在這裏多拍幾張照。看著山上的訊號塔，就知道今天看日落的 Poon Hill 山頂已近在咫尺了！我們加速向前，盡快到今晚下榻的旅館。不知是否期待登上山頂的愉悅影響，總覺得沿途一切景物都美好：藍色屋頂的房子與天空相映，顯得更藍；頂著紅冠的雄雞，在石階上追逐嬉戲，甚是活潑；拴在路旁的棕毛馬，偶爾轉頭望向我們，雙目有神。一切都美好！

此時見到一個路牌寫著「Pun Hill」，很是好奇，不是「Poon Hill」嗎？為何寫作「Pun Hill」呢？沒問出口，在心裏胡亂猜了猜答案：會不會是因為那只是個譯音，不論用的是「oo」還是「u」，只要能拼出「Poon」的讀音就可以了呢？但「Poon Hill」為甚麼叫「Poon Hill」似乎也得弄清楚才行。疑惑之中來到另一個 TIMS 檢查站，等 Sachin 幫忙完成手續，就繼續上山，到今晚過夜的 Hotel Moon Light 去。

　　未進入 Hotel Moon Light 就已在外面的平台上望到雪山了！分別是海拔 7219 米高的 Annapurna South、8091 米的 Annapurna I 和 7061 米的 Nilgiri。雖然 Annapurna South 實際上不及 Annapurna I 高，但可能位置與我們較接近，所以顯得比 Annapurna I 高。這是與雪山多麼接近的一次健行！一想到下午會登上 Poon Hill 之巔看日落，就難掩內心興奮！但興奮歸興奮，還是要吃午餐，才有足夠力氣上山呢！

尋找 *Kamar-Taj* 之旅

　　這次午餐還是吃炒麵，另一樣是薄餅。手工薄餅賣相不錯，上面鋪滿食材：雞肉、番茄醬、芝士、紅椒、青椒、洋蔥……平日不怎麼吃紅椒、青椒和洋蔥的我，對著眼前的手工薄餅，也忍不住吃完一塊又一塊。香港的薄餅有厚薄之分，也有芝心批，而我通常吃厚批或芝心批。這次在山中，沒那麼多選擇，就吃了一份薄的。薄批很香很脆，因為不厚，口腔多了空間容納食材，味蕾能更集中感受各食材的味道，整體的感覺，該怎麼說呢？或許是一種簡單的豐富。

　　飽足之後，就是享受日光之時。陽光從窗戶透入，正好灑落在我們身上，賜給我們和暖的欣喜。

極頂落陽

待了一會，差不多是時候上山看日落了。旅館有另一群客人，他們來自內地，其中一個女人頭痛欲裂，不能登頂，只好留在旅館休息。想來也有點慶幸我們在海拔 2874 米的 Ghorepani 沒有出現高山反應，是因為寶礦力水特發揮作用嗎？

我們走出屋外散散步，等候上山。旅館養的貓也在外頭。我蹲下來想要拍牠，牠竟急步跑來，湊向鏡頭，似乎想一親鏡頭。走開後，牠一時卑身而伏，俯瞰石階下的草地，是發現了甚麼玩意嗎？一時走向鞋子，用頭往鞋上擦，又或擦向石柱，是在告訴我們「我喜歡這雙鞋子、這條柱子」嗎？看牠閉起雙眼，靠近鞋或柱，看來很是舒適。記得有一家藥房，養了一隻貓，我們經過時總不忘跟牠玩耍，拍拍屁股，搔搔下巴，後來牠見到我們，會連忙衝過來喵喵叫，還會把頭往我們的鞋面用力擦，擦得差點要倒在地上。看來牠也很喜歡我們呢！

貓拍了一會，便出發登上這次健行的最高點：海拔 3210 米的 Poon Hill 山頂。看見「Last stop to Poon Hill」和「35 Minute Up」，有點想不到還要走半個小時，但不打緊，這天走的路程不長，這 35 分鐘，足以應付有餘。

走到某個高處，回頭看到我們住的旅館。遠處的魚尾峰已露出那尖銳的尾部，而 Hiunchuli、Annapurna South、Annapurna I 也準備與我們相見。Sachin 告訴我 Hiunchuli 是指「snow mountain」，而 Himalayas 則只是「snow」。眼前那小小的 Hiunchuli 的意思，竟比綿亙萬里的 Himalayas 多出了一個「mountain」，意思的數量怎麼不跟山脈的範圍成正比？還是這只是我的成見，覺得山體既長，命名時意思就應該更豐富？抑或，人類難以掌握極大、極多、極長的事物，所以只能用簡單的方法命名，令那世人景仰甚至想要征服的她，只得到一個「snow」的意思？

　　來到 Founder of Poon Hill Late Major Tek Bahadur Pun Memorial Gate，代表我們正式登上 Poon Hill 了！

拾級而上，經過訊號塔，走過一叢又一叢尼泊爾國花 —— 杜鵑花，終於，我們抵達了 Poon Hill 之巔了！這是一個石板砌出的寬廣平台，有幾張長椅供遊人坐著觀賞雪山，亦有小賣店，但這時間已關門，一旁還有「Founder of the Poon Hill」的生平介紹。平台中央築了個瞭望塔，叫作「Maj Tek Bahadur Pun "The Founder of Poon Hill" Memorial View Tower」，塔下放了一張圖畫，畫上在 Poon Hill 可以見到的群山，並標出了她們的名字與高度。由右至左，分別是相當形象化的魚尾峰 Machhapuchhre、Hiunchuli、Annapurna South、Annapurna I、Nilgiri、Dhampus Peak、Tukche Peak、Dhaulagiri（ 及 II、III、V、IV） 和 Gurja Peak。雖然在平台上再往左眺望，還會見到萬里群山，可是名字卻不得而知了。不過也不打緊，在 Poon Hill 山頂，能看到高聳入雲的山巒如海濤般起伏，已足以極視覺之娛了。香港最高峰，也不超過海拔一千米，如今卻能登上三千多米的高山，平視蓋上茫茫白雪的山峰，我總算有和奇異博士「登上」聖母峰「相似」的經歷了！

尋找 Kamar-Taj 之旅

第5天 ↓ 極頂落陽

　　面對 180 度的雪山，心中興奮莫名，手裏拿著相機，卻不知如何拍照是好。這個角度稍嫌不好，那個角度又覺不對；想貪心地拍下最多的山，「還原」那眾山聯袂的壯麗景象，無奈等效 24mm 的鏡頭不容許；改變焦距想集中拍幾個山峰，又嫌拍出來氣象不夠恢宏。看來最壯麗的大自然風光，還是只能用大塊賜予的眼睛來欣賞。但我還是要留個回憶，勉強用相機拍下幾張照片，好讓將來回味。

　　這時，你替哥瑪先生拍照，他卻不小心跌倒在 Poon Hill 的泥土上，雪白的身軀沾上泥塵，弄得一身土黃，只好在回旅館後給他洗澡了。

　　不知道 Sachin 是想我們快點回去替哥瑪先生洗澡，還是他穿不夠暖待得冷了，示意我們差不多要回去吃晚飯了。原來我們差不多逗留了一個半小時，可是我們想等日落，就不想那麼早回去。不過見到 Sachin 鼻水直流，也就不好意思久留了，只好邊回旅館邊拍夕陽餘暉斜照的雪山。魚尾從山後露出來的部分越來越少，如火般橘紅的夕照也漸漸退下去了，我們也回到旅館，稍事休息，等吃晚餐。

第5天 ↓ 極頂落陽

寒夜暖意

　　坐在大廳等吃晚餐時，發現牆上貼了其他遊客畫的畫。畫的是 Hotel Moon Light 內的景象：幾個人在火爐四周圍坐，爐的上方掛起了不同衣物。另一張則是幾個人在進餐、幾個人圍坐在火爐邊。每個人的嘴角都微微上翹，甚是愜意。畫雖是黑白，卻似乎泛著橙黃的色調，散發著一股暖意，溫暖寒夜裏的眾人。

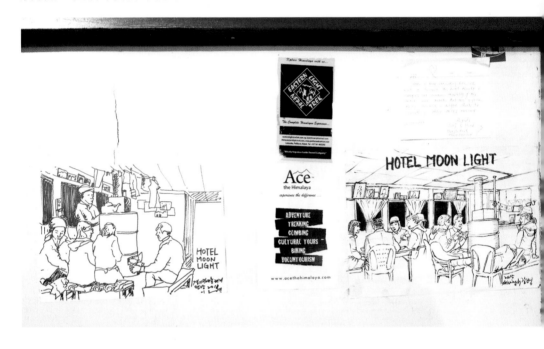

　　溫暖的不只是圖畫，還有美食。這夜吃點簡單而溫暖的，有湯麵和咖喱飯。這裏的湯麵都是韓國辛辣麵。不知道是甚麼原因，但我們能吃到辛辣麵，就已覺得很熟悉，很滿足了。

　　吃飽了，又見那花貓在大廳裏踱步，甚至走上我們大腿，讓我們摸了好一會兒，然後走向另的客人。坐到火爐邊的長凳上，花貓又過來了。牠伏下來，感受火爐散發出的溫熱，以及我替牠抓抓頭的舒適。唔，就當作是我一廂情願吧！不過見牠閉起雙眼，尾巴悠然地搖著，想必很舒服了吧？寒山之中，有一個火爐，還有一個會替牠搔癢的外國人，也許就足以令牠感到幸福吧？

尋找 Kamar-Taj 之旅

　　待哥瑪先生和衣服乾得七七八八，就把它們收起，回房間休息，準備明晨再次登頂，觀看日出。雖然 Sachin 對此不樂觀，但「不觀日出心不死」，我們還是期待在 Poon Hill 看見旭日初升的時刻，無論如何，也要多到山頂一趟。

第6天　→

寒風凜冽：
Poon Hill 迎
初陽、Ghorepani
至 Ghandruk

維北有斗

在海拔 2874 米的 Ghorepani 熟睡，夜中可能會被寒氣偷襲而冷醒，這晚我就醒了一會。醒過來的我竟萌生出拿起相機，往窗外拍照的念頭，希望碰碰運氣，看能不能拍下一、兩顆星。可是室內較室外溫暖，水汽黏在玻璃上，就不肯下來。我用手擦了擦，把握水汽再次凝結前的時機，拍下窗外的景致。朦朧之中，看到紅頂建築後方的雲霧，以及被雲霧遮住了臉的雪山。是 Annapurna South 嗎？我認不出來。不過令人欣喜的，是我居然拍下北斗七星的其中六顆星！天樞、天璇、天璣、天權、玉衡和開陽都見到了，但瑤光可能因為角度猶低而被雪山擋住。雖然斗柄不完整，但仍可以憑想像補足，那「不可以挹酒漿」的北斗。

拍完了，就懷著喜悅繼續睡。用不太厚也不甚保暖的被，包著穿得厚厚的自己，熬過一夜祁寒。記得在我出發之前，一位老師曾提醒我自備睡袋，但沒有露營經驗的我本來就沒有睡袋，也沒有為 Poon Hill 之行特地買一個，也許當時有聽他的話，就不用這樣冷了。那位老師在我書成之前遽然遠逝，想到此處，驟然悲從中來，特此一記老師的提醒，以為紀念。

雲中待日

從來看日出都需要極大的勇氣和意志。即使是夏天，也要捱睏抵冷。如今是深冬，還登上了三千米的高山等待日出，考驗就更大了。可是跑到 Poon Hill 的目的，當然是為了看日出啊！怎能不上山頂呢？於是我們戴上這幾天也沒怎麼戴的手套，穿上最厚的羽絨，用頸巾包圍頸項，由 Sachin 帶領我們和一眾遊客上山。

其實走出了旅館，大概也知道是不會看到日出的了。不止伸手不見五指，就連電筒照到的地方，都被雲霧籠罩，加上 Sachin 說過不會看到日出，內心已有與初陽緣慳一面的心理準備。

的確，登上山頂，除了薄霧濃雲，看到的只有跟我們一樣不到山頂觀日心不死的人，但恐怕大家都要失望了。顫抖得牙關格格作響之際，Sachin 遞上在山頂店鋪所買的熱飲，我們雙手捧著，徐徐呷飲，既暖手又暖胃，支持我們執著地等那大概等不到的太陽。

未見朝陽，只好拍一下被霜雪覆蓋的植物。那國花杜鵑會被霜凍傷嗎？

尋找 *Kamar-Taj* 之旅

　　等了大約半個小時，得到的只有水汽在頸巾上結成的點點冰霜，天上也只有一抹從雲隙透出的淡橙色。看來太陽已升起，只是我們不能一睹其面目罷了。於是我們返回旅館，並用煎蛋、熱香餅和不辣的辛辣麵來安慰自己。

再見貓咪

　　旅館的貓過來親近吃飽了的我們，先後坐到我倆的大腿上，然後閉上雙眼。是今早我們上山看日出，吵醒了牠，所以牠要補眠嗎？牠睡在我們大腿時，時而蜷曲身體，時而伸展伏下。待我們走開以後，牠伏在長椅的氈上，或側臥，無論哪種睡姿，都見自在。

分別在即，我們與貓咪相處了不足二十四小時，卻不無留戀。想到千百年前，「浮屠不三宿桑下，不欲久生恩愛」，要是我們和貓咪共處多天而「久生恩愛」，必然更加不捨。浮屠既是覺者，自然智慧過人，懂得適時分開。凡人如我們，則只懂將共處的時光無限延長，祈求兩不分離，這種執著，也就使我們受到苦的煎熬了。縱然戀戀不捨，我們卻不得不繼續上路，只好讓對方留在彼此的回憶裏吧。

下山？上山？

　　Sachin 一聲「Let's go」，我們就背起沉甸甸的背囊，繞過旅館，經過籃球場，穿過寫著「Thanks for your visit」和「See you again」的牌坊，開始下山。

尋找 *Kamar-Taj* 之旅

　　所謂下山，其實要先上山。我們走到一個位置，由此可眺望昨午與今早登過的 Poon Hill 觀景台、上山的路和路旁的訊號塔。看來我們身處的高度，比 Ghorepani 還要高。雲漸漸退去，只剩下對高山牽腸掛肚無法灑脫離開的那團仍纏繞不散，還好背後的雪山衝破雲層，直抵穹蒼，才能讓我們見她一面。是 Annapurna 嗎？

　　所謂「登高見博」，我們似乎越走越高，來到一個較少植物遮擋景物的位置，俯瞰眾山。近處一個個山谷與山嘴都歷歷可見，植被在穿透白雲的陽光照耀下，不再發黑。遠處似乎還有些雪山呢？不過雲層太厚，肉眼看不清楚。但這應該是三日以來看得最清晰而寬廣的景色。那天在 Poon Hill 看到的起伏群山，其實都是浮在雲海之上的山嶺，其下的一切，全都淹沒於雲海之中，看不清，看不透。這裏的山陵，與蓋上白雪頭紗的 Annapurna 山脈，是截然不同的景致，各有千秋。

　　這時見到前路有一個簡陋的建築，四周盡是五色經幡，原來這裏是 Thapla，高 3165 米，比 Ghorapani 高出近三百米。果然，我們登上了更高的山。不過經過 Thapla 之後，就真的是往下走的路了。

　　遠足就是如此，有時人們以為下山的路就是一直往下，看見向下走的路，踏上去就對了，卻不知道直下或許有危險，也不知道有別的路可走。有些看似是上山的路，卻原來只要攀過某個小山丘，往後就是豁然開朗的下山之路。「上」和「下」這對在人腦中看似簡單直接的概念，在大自然，看來並不那麼純粹，而是「上中有下，下中有上」。人類目光有限，有時難以看到全局，但這也許是大自然給我們上的一課，叫我們不要只著眼於眼前的事物或一時的景象，而要看趨勢、看整體、看全貌。就像禍福、美醜、好壞、得失……有時也不那麼絕對、那麼純粹。

風霜冰雪

　　下山的路，主要是在山谷之中。路的兩旁多有大樹，樹根露出地面，抓住泥土，一級一級，讓我們安然下山。冒著颯颯寒風，轉到一處，突然聽到「的的答答」的聲音，一看羽絨，竟見到點點白色，將它放在掌心，很快就融化成水，原來是雪！若說看雪，在波卡拉就遠遠看過山上的白，但真的用手觸碰，這還是第一次。可惜雪下得不大，只有那麼一點點，而且繼續前進，便不再有雪了，那麼一點兩點，用相機拍了也是白拍，也就只好將畫面留在腦海了。

　　山中的酷寒，不只羽絨頸巾包裹的皮膚感受得到。雙目所及，盡是冰霜。到底山中有多冷？溪水都凝結成冰。冰或薄或厚，一些碎裂的冰下流動著清澈的寒意，水越清澈，感覺越冷。溪水流到懸崖，本可憑藉地形的優勢，將嫋嫋盈盈背後那一瀉千里侵岩刻石的意志肆意呈現，破開巨石，鑿出深潭，塑造出山中勝狀，卻敵不過午夜來襲的寒意，臣服於空氣之下，化為純白亮眼的冰掛。那不滅的意志，卻仍體現於那槍矛劍戟般的尖鋒之上，只等陽光驅散寒氣，好完成未了的任務。即使是懸崖以外，石壁之上冰掛的蹤影隨處可見。立在路旁仰望它們，也感到那

將要如箭般直插泥土的氣勢。老子說：「天下莫柔弱於水」，又說「天下之至柔，馳騁天下之至堅」，水以其至柔之姿，穿山透地；於今見其化而為冰，更增益其穿透之力。水雖柔弱，亦有其剛強堅韌的一面，真不容小覷。

也許是流水看似柔弱，也許是大地看似穩定，有些人就掉以輕心，欺山欺水，一旦意外來襲，猝不及防，命喪深山者便年年有之。路上有由石塊疊起的一座座小塔，據說是用以紀念登山時喪生之客的，塔越高，死者越易到達天堂。我們不敢隨便觸碰，要是弄倒石塔，有甚麼後果的話，可承擔不起。

來到午飯時間，我們在刺骨寒風之中，坐到一家餐館的外頭，Sachin 替我們打點飲食。兩杯熱飲，只放了一會兒，就由熱變暖了。炒麵和手抓飯端到桌上，經過拍照那十數秒後，最外層的那些麵和飯都已冷了。我們都不曾見過食物瞬間變冷，只知道若不快點吃完，食物變冷才放進口中，可不好吃，於是只好以比平時快上兩三倍的速度，將食物傾倒入口中，加速咀嚼然後吞下肚子去。此後回港，有一段嚴寒的日子，媽媽煮好飯菜，而家人似乎不餓，施施然走到飯桌，這時食物就要冷了。那時想起這天的經歷，都會自動自覺快去吃那媽媽辛苦燒好的熱飯菜。

前往 Ghandruk

因為風勢太大，也太寒冷，吃飽後就不久留了，還是盡快下山，直奔這天的目的地——Ghandruk。

路上見到一樣一直沒遇過的東西：一個橙色木箱，上以鐵皮為頂，那是垃圾箱，收集塑膠和金屬。不過裏面沒有甚麼垃圾，是剛被人收走，還是垃圾真的不多？上面還寫著「use me」，很可愛。不過我想，垃圾還是自己帶走比較好，始終山上運輸困難，要專人登山清理垃圾，並非易事。將心比己，若要我上山清理垃圾，帶到山下去處理，也相當艱辛啊。若垃圾留在山上處理，不是焚化就是堆填，還是會破壞山中環境。所以，為了保護如斯美麗的 Poon Hill，還是盡量帶走自己的垃圾較好，讓我們和我們的後代，在五年後、十年後，以至數十百年後，還可享受這高山神國的勝景吧。

所謂勝景，除了雪山與藍天外，樹林裏那滿眼的綠、誘人的綠，也該包含其中。樹上釘著一個木牌，寫著「Ghandruk」，Sachin 教我們唸作「Ghan-du-ruk」。他反覆示範，我們反覆地唸，最使人不解的，是為甚麼「d」後面沒有元音，卻發「du」音呢？這些尼泊爾的地名，雖然用羅馬字母拼寫出來，但可能不能用唸英語的方式去唸，而要學習尼泊爾語的發音？可能這個「d」代表的是個要發出音來的濁音，或者「d」要加一個元音才能發出來，像日文那樣？不過我沒有答案。想起之前經過的 Birethanti 和 Ghorepani，其中的「re」不唸「re」，而是唸「de」的。有時看到熟悉的字母，卻不一定能用慣常的方式去理解、去發音。世事總有例外。有了例外，才不流於單一乏味。

　　樹上或柱子上，除了寫著 Ghandruk 外，還不時髹上少許白色、藍色和紅色油漆，有些還會畫上箭頭，Sachin 說那是標誌方向用的。有些沒畫箭頭、沒寫目的地，人們是怎樣判斷方向的呢？看來還是當地人才曉得。

　　如是者，行走停歇，經過八個小時，我們終於抵達第三天行程的終點 Ghandruk。走得雙腳痠軟的我們，見到下榻的旅館，興奮得加快腳步，跑到它的平台上，等待進房放下行李。

沒有火爐的一夜

我們住進 Ghandruk Guest House，從外面看是一由一座兩層高的房子，延伸出幾個房間和浴室。外頭種著不少植物，深紅和亮橙掛在綠葉之上，全在白牆、啡色木柱和黃色牌子之前，色彩醒目。百花盛開，眾彩紛呈，是山中最樸素卻最華麗、最廉價卻最珍貴的裝飾。是簡單平凡的美好。

雖然我們已下降到海拔二千米左右的位置，風卻依舊冷。我們穿上最厚最笨重的羽絨，到飯廳去等待晚餐。這旅館跟前兩天的有點不同 —— 沒有火爐。Sachin 說這裏有規定，要是建築在某個高度以下的房子，裏面就不能有火爐，至於原因是甚麼？那時候不求甚解，沒有追問，只覺得這規定挺有趣，相信自有它的原因。於是這旅館就成為了幾天以來海拔最低但卻最冷的一間。冷得我在飯後洗澡，即使你告訴我有熱水，又教了我如何開熱水，我也只得到冷水的招待。本想好好洗個熱水澡，洗走一身疲倦，卻只能冒著滲進浴室的寒風，用冷水抹抹身體，便極速穿回衣服，邊顫抖邊跑回房間裏去。山上所謂的「hot shower」，其實並不那麼穩定，也不那麼持久，有時只要一人洗完，可能就把熱水用光了，不知道要等多久才再有熱水。過去兩天，你先後開到涼水和冷水，而我用的全都是冷水。不過只要你能用熱水就好了，我用冷的，隨便抹一下身體，洗一洗臉，就夠了。

而我想這晚最溫暖的，應該是那電燈、兩杯熱飲、炒飯和薄餅了。旅館的電燈以四張透光的紙圍成正方形，上面飾以簡單線條和色彩。內容取材於

自然，畫出大地和植物，並貼上動物圖案。其中兩面看似公鹿追趕天上的雄鷹，饒富童趣。欣賞了一會，食物便送上來了。我們冒了一天寒風，吃到瞬間變冷的食物，終能品嚐到蒸氣直冒的熱食，實在可喜又幸福。就讓我們懷著這幸福期待次日最後的旅程吧。

第６天 ↓ 寒風凜冽

第7天 →

重返市塵：
Ghandruk 至
Nayapul、
波卡拉迎 Lhosa

最後的旅程

　　Poon Hill 之旅來到最後一天，我們給寒風吹醒。走到室外，便見對面的魚尾峰和附近的山嶺都鋪滿了白雪。雪的覆蓋似乎使丘壑更為分明，一個又一個山嘴，自遠而近，由白而黑。山之秀美能呈現眼前，霜雪應記一功。另一處則有浮雲蓋住山頂，或給山谷盛載，叫我們難以分清天與地的邊界，亦是一景。Ghandruk 的這家旅館，有如此寬廣的美景，尤其是能遙望魚尾峰，Sachin 選得真好。

　　吃過早餐後，太陽便從山後露臉了。光芒照射到旅館外的空地上，百花都顯得更耀眼了。我們似乎也充滿力量，好開始最後一天的旅程。

　　最後一天的旅程，想不到不只我們三人行。我們走了一段路，稍事休息，這時竟有一隻尾巴連著臀部位置受過傷的狗走近我們，更坐到 Sachin 身旁，一聲不吭，只是靜靜坐著。Sachin 替牠起了一個名字，叫 Mr. Doggie，我們與牠的距離彷彿立刻縮短了。給對方起個名字，或者知道對方的名字，似乎就有這種神奇的作用。我們起程，Mr. Doggie 也起身跟隨，是想我們帶牠下山嗎？還是牠願意作我們的領隊，帶我們下山？不過，走到一道鐵索橋，牠就沒踩上去，只是眼睜睜地目送我們。牠畏高嗎？不敢到橋上低頭看萬丈深谷嗎？也許我們就只能陪伴對方走這麼一程，跟世間一切認識的人一樣。

繼續下山，逐漸走近漫山梯田。尼泊爾既為高山國家，自然是山地多而平地少。人們靠山吃山，只能憑智慧開闢梯田，以種植各種穀物維生。我們在梯田之間的小路走過，卻不覺梯田中有甚麼農作物。是在休耕，還是土壤貧瘠而無法耕種？不得而知。但尼泊爾的貧農眾多，要靠耕作以外的收入維生，則是我們對尼泊爾的認知。

　　我們繼續向前走，來到幾間看似無人居住、使用的小屋。小屋外牆用石築成，以木為樑柱，外圍被加上了鐵絲網。往裏面看，可見到桌椅，還有一些工具。桌上花瓶裏的花，看似剛凋謝不久。到底這是荒廢了沒有呢？如果是的話，是因為住在山裏無法維生，人們移居到山下或城市中謀生去嗎？

　　過了小屋，來到確實有人居住的地方。鐵皮簷下，釘著一塊牌子，上面介紹尼國國旗的設計和象徵意義。1962 年 12 月 16 日通過採用的尼泊爾國旗最特別的地方，莫過於其形狀。世界各國國旗皆為四邊形，而且常為橫向的長方形，唯獨尼泊爾採用兩個略為重疊的三角形，且直邊長於橫邊，獨樹一幟。牌子上說國旗中的深紅色代表人民的勇敢，藍色邊則象徵和平、和諧的民族精神，旗幟中白色的日月圖案則分別象徵永不熄滅的生命之火，以及靈魂的平靜。這種解釋跟網上或書中所見略有不同。有說三角形與印度教有關，亦有指右方三角的尖端象徵喜馬拉雅山的山峰；至於紅色，有說是尼泊爾的代表色，有說是國花杜鵑之色，藍色則有指是象徵天空和海洋；日月圖案方面，有說月亮圖案包含月亮光芒，亦有指其實是月亮和星星、太陽兩組，日月象徵印度教天神雙目，又有人說月亮代表和平、太陽代表光線，亦有人指太陽代表拉納家族、月和星代表皇室、日月代表人民對國家與日月共存的願望。眾說紛紜，還是信當地人自己的說法吧！

　　牌子上又將尼泊爾英文名「NEPAL」當作一個首字母縮略詞（acronym），代表「Never End Peace And Love」。這幾天以來，看到尼泊爾人的純樸友善，這個「NEPAL」看來是現實的反映，同時是美好的願望 —— 願愛與和平永不止息。我也希望尼泊爾可以維持長久的和平，使這片眾神眷顧的大地上的人民能安居樂業，保持那份純真與友善。

　　這小屋其實也是一間商店，擺賣一些手工紙製品，還介紹他們如何製作手工紙。製

作手工紙毫不簡單，家中男女全都要幫忙。來自樹木的材料要煮要曬乾，又要品質上好，能防蟲蛀。Sachin 說旅客常買來作為手信送人，說我們不妨買點東西支持一下他們國家的經濟，更率先挑了一本筆記本並付錢。我們也看看哪本筆記本設計較合心意，各買了一本回家，到現在我還沒拿來用呢！不過我本來就不打算用，只想用來為這旅程留個紀念。

　　收好手工紙筆記本，不久後竟然再次遇上 Mr. Doggie。本以為緣份已盡，卻在意想不到之時再度遇上，再續前緣，實在驚喜！到底牠是怎樣走過鐵索橋，來到我們身邊的呢？Mr. Doggie 能告知我們一二嗎？而且牠沒有跟我們擦身而過，而是真的走在我們前頭，等待我們，牠是何時認定我們這三個旅伴的呢？得到這矯健之軀相伴，我們走過泥路，走過梯田，走過石磴，走過積垣……走到綠樹繁蔭的一處，牠突然吠了起來。那是牠整段旅程首次吠叫。Sachin 說牠發現了樹上的猴子，為免猴子下來搶我們的食物，牠便先吠叫，警告猴子不要來犯。即使我們只是同伴，沒有主僕之分，但牠仍為我們驅逐不速之客，這東道主保護我們的心，我該如何道謝呢？Sachin 又趁此提醒我們，到加德滿都的猴廟——滿山都是猴子的斯瓦揚布納特塔——參觀時，要小心猴子來搶我們的東西。他有一位朋友就給猴子搶了相機。猴子要相機來幹甚麼？雖然半信半疑，但我們還是小心提防猴子好了。

踏過一條小溪，Mr. Doggie 踩上一塊石頭，在上面留下腳印。我心血來潮，把鞋底沾濕，踏到 Mr. Doggie 踏過的那塊石頭上，證明我們曾經一同走過這段路。

我們走過一個井形的東西，但見它的圓口中有個裝置，不知用途為何，心裏疑惑，便請教 Sachin。得他解釋，我們才知道山上的居民會收集排泄物，等待發酵產生甲烷，作為燃料。這個井就是他們用來儲存燃料用的。山上的生活簡樸，連燃料也如斯天然、「自給自足」。相信要有這做法，物質匱乏固然是一個原因，但人們的智慧也令人佩服。

遠處漸漸傳來河水奔騰之聲，我們走在深綠與嫩綠之間，路過幼小的稻苗與休耕的稻田。途經不少民居，有時見到居民將木材堆積在一旁，又將曬乾的粟米堆放在高處，田裏又有些乾了的稻草，遠看竟像一頭伏在地上的鹿，看來這裏的農民也挺有創意。這些在城市中和香港郊野看不見的景象都頗為吸引，令人很想盡量多看幾眼，多拍幾張照片，作為增廣見聞的證據。

不久便走到一家位處瀑布旁的商店，各國國旗飄揚，似乎代表尼泊爾歡迎各國旅客前來登山。

奇怪的是，瀑布明明水流弱得很，怎麼會有隆隆水聲？一看左前方，原來是流經 Birethanti 的大河，是我們從 Nayapul 出發不久後就見到的那條大河！我們快要回到起點了！

四日 Poon Hill 之旅將要完結，疲憊的我倆都禁不住心中的興奮，加快腳步，走過無人的警崗，以及分岔路口的旅店，重踏跨河大橋，回到第一個 TIMS 檢查站，正式宣告我們完成了 Poon Hill 之旅了！Mr. Doggie 也隨我們來到檢查站，在我們面前擺擺尾，像是祝賀我們平安歸來，順利完成旅程。Sachin 替我們辦好手續，就帶我們到對面的餐館吃午餐。Mr. Doggie 想隨我們走進餐館，被遭餐館主人趕走。我有點不好意思。畢竟牠陪我們走這一程，一路帶領我們，又為我們驅趕猴子，我們是不是該報答牠一下呢？如今只能眼睜睜看牠往回走，走到某個我們看不見的地方。牠會回到最初遇上我們的地方嗎？還是會跟隨下一個登山客，與之作伴，走下一段旅程？

我們這次吃炒麵和炒麵麵包，現在回想起來，怎麼會吃那麼多麵呢？
我也不知道。只要味道佳，就可以了。有些朋友會擔心尼泊爾食物的質素，
但這幾天以來，我覺得尼泊爾的食物也不怎麼讓人失望。

出發前見到的「Welcome to Annapurna Conservation Area」牌子，如今用它的另一面——「Thank-you for your visit！」——歡送我們。即將要回到城市，竟有點不捨。捨不得滾滾奔流，捨不得蒼鬱扶疏，捨不得起伏群峰，捨不得銀霜白雪，捨不得雞驢貓犬，捨不得簡樸佳餚……種種美好，填滿了這四日三夜，往後將濃縮在照片之內，沉澱於腦海之中，並鎔鑄為詞句，待我們在某個寧謐的夜裏憶起，繼而打開電腦，重溫舊照，重讀文字，向回憶取暖。道中一個小女孩抱著小羊，跟我們打招呼，對了，山裏除了風光與動植物值得我們記住，友善的尼泊爾人，我們也應當記得。

到了 Nayapul，坐上 Sachin 朋友駛來的汽車，回去波卡拉。雖然中途有點小意外，車子起動不了，Sachin 和朋友下車查看，並向路旁的人借點工具去修理，幸好所花時間不長，我們便又沿著迴環九曲的山路回去波卡拉了。

回到波卡拉的酒店門外，下車後，給 Sachin 一點小費，感謝他這四天相伴與照顧，並和他合照，希望有緣再聚。拿了寄存在酒店的行李，上了房間，第一件事就是洗熱水澡。這三個晚上，我用到的都是冷水，只是抹身，沒有真正洗澡，如今終於能洗一個穩定的熱水澡，洗去累積四天的疲倦與灰塵，讓身體好好放鬆，換套衣服，然後舒舒服服地享受波卡拉的傍晚與黑夜。

山行之後

　　終於完成這次健行，我知道這對你來說毫不容易，畢竟你平日較少行山，突然要到外地健行四日，還要加上一天的「熱身」，總共走了五天的路，你說雙腳像給廢掉了，似乎不再屬於自己，即使我和你一起拉筋，也於事無補，但我們終於完成了。很感謝你願意陪我走這一程。你說人們來這裏幾乎必定會登山，提議健行。我是從沒想過旅行去登山的，但我很喜歡這次回憶滿滿的旅程，除了可以更接近奇異博士的「旅程」外，更重要的是有你相伴、同行。經歷艱辛創造的回憶，必定比唾手可得的那些更為深刻。

　　健行登山，最好的地方是，你付出多少，就能收穫多少。每座高山、每條小溪、每種感受、每個體會，都要靠每一步來換取。不踏上這條路，不會聽到淼淼奔放的河聲，不會嗅到百花綠葉的芬芳，不會仰望到棋布的繁星，不會迎接到耀目的初陽，不會遇到少見的水牛、雄雞與騾馬，不會碰到罕見的白雪、冰掛與霏霜，不會欣賞到起伏的雪山與群峰，不會認識到異國的歷史與人事，不會品嚐到山中美食，更不會體悟到大小道理。魚尾峰、Annapurna、Dhaulagiri……都一一印在腦海、刻在心底。凡此種種，都是別人奪不走、抹不去的記憶，而是只有同行者才能產生共鳴的回憶。於今記下這些往事，其他人也可以靠這些文字與我倆「同行」。或許我們興感之由若合一契，或許我們靜躁不同感受萬殊，但同一段路，我們都走過了，也許有能勾起回憶的一二片段，產生多少共鳴吧？

　　登上 Poon Hill，眺望過喜馬拉雅山脈之後，下一次再到尼泊爾健行會是何時？會走哪條路線？只要看見雪山，便會憶起 Poon Hill 之旅，也會期待下次再到尼國登山。有朋友問我會否登上聖母峰，我並無此意，一來怕冷，二來怕死。人類中有征服大自然之心的，不避死亡，常以征服高山為榮，我卻沒有這種雄心壯志，只求走入山林，靜靜聽溪，徐徐看山，用四體發掘大塊的無盡寶藏，用五官欣賞造化的鬼斧神工，用相機拍下自然之美，與志同道合的人分享。要是能引起別人的興趣，有意到尼國健行甚至親自登山，那就是更令人喜出望外之事了。期待我們再登尼泊爾高山，再以雪山為背景合照。

Lhosa 之夜

　　Indra 得知我們回到酒店，便打電話給我們，約了我們在酒店大堂見面。他關心我們這幾天過得如何，我們說一切都很好，他就放心了。他請我們在 Facebook 上貼出合照，略略寫幾句說話，當作小小的宣傳。我們簡單地完成了。好客的 Indra 還邀請我們到他家共晉晚餐，我們卻不好意思打擾他和他的家人。那天在 Boomerang，見到他的妻兒都來跟我們和另外的客人吃飯，感覺很重視我們的到來，我們也不想他們那麼辛苦，而且我們已決定去吃午酒——一家韓式餐館，聽說食物味美，便想一試，也就不想勞煩他們了。與 Indra 道別後，我們回到房間整理一下。見天色漸沉，就外出逛逛，感受一下 Gurung 族新年 Lhosa 的氣氛。

　　旅遊城市波卡拉的 Lakeside，酒吧商店林立，本來已經是繁華的街道，夜夜笙歌，來到聖誕節和 Lhosa，就更為熱鬧。許多店鋪都拉起橫幅，無論紅的、藍的、黃的，都寫上「Happy Lhosa」、「Merry Christmas」、「Happy New Year」等字句。中間夾雜左些五色經幡，繽紛絢麗。只一抬頭，便見祝福與願望都飄揚在空中，希望大家都快樂。

尋找 Kamar-Taj 之旅

　　人行道上，盡是擺賣的小販，以及各家商店的商品和示範。店家施展渾身解數，宣傳自己的商品，望遊客多多光顧。其中一家叫做 Helping Hands 的商店，從店裏的作坊搬出一台織布機，放到人行道上，由一位失明人士即場示範織布。原來那是尼泊爾首家雇用聾啞人和盲人製作羊絨圍巾的廠商。如果有機會，可以支持他們。

　　除了商店，更多的是食肆的攤檔和賣食物的小販。攤檔設置在人行道上，出售酒水小吃。其中一個攤檔，售賣傳統小吃和飲料，例如 samosa、dahi puri、lassi 等，看上去賣相不錯，但我們另有目的地，就先不光顧了。有一家酒店很有趣，門外放了長桌，上面擺放了許多用南瓜等蔬果製成的雕刻，有人面、尼泊爾版圖、旗幟、卡通人物和各種圖案，或刻上英文或尼泊爾文，英語那些大抵都是些 Happy Lhosa、Visit Nepal 之類的說話，至於尼泊爾文的那些，不知是甚麼意思呢？

　　街道一端，擺放了賓森塔（Bhimsen Tower）裝飾，又設置了兩個佛陀雕像。其中一個站在蓮花上，一手指天，一手指地，以示「天上天下，唯我獨尊」的姿勢；另一個則結觸地印。周圍放了許多國際佛教旗和五色經幡，儼如一個小小的參佛地點，但人流略為疏落，人們可能都給另一處的歌舞表演吸引去了。

　　街道中央搭建了一個台，寫著 20th Pokhara Street Festival，播放著勁歌，台上有女子在翩翩起舞，台下的尼泊爾人和金髮遊客都目不轉睛地看表演，有些則與三五良朋手舞足蹈，興高采烈地享受著節日氣氛。意想不到的是，我們竟然在街上碰見 Sachin 和他的朋友！驚喜的我們互相打招呼後就各自逛街，感受尼泊爾新年與西方節慶碰撞出的歡欣。

雖說是普世歡騰的節日，又適逢 Gurung 族新年，街道上的商店都拿出最耀目亮眼的燈飾和橫幅，似乎要將波卡拉湖畔變成五光十色、華燈璀璨的鬧市，但還是沒法跟香港那燈飾遍地、紙醉金迷相比。當然，尼泊爾沒香港那麼發達，經濟科技也相對落後，若要在這裏嗅到香港節日氣氛的味道，實在是不可能，也不應如此苛求。不過，即使沒有大型 LED 熒幕的節慶動畫，也沒有聖誕老人或聖誕節燈飾，更沒有聖誕大餐，尼泊爾人也能盡興於黑夜的鬧市之中。也許節日氣氛並不源於燈飾與佳餚，而是來自熱烈慶祝、狂歡於勁歌熱舞的人。這不也是尼泊爾特有的平凡的歡喜？

大街的另一頭，人煙稀少，稍為幽暗而平靜。一幅牆上貼上了尼泊爾各處拍得的相片，展示著尼國的歷史。由高山、梯田、房屋組成的黑白開荒照，到震災後的頹垣敗瓦，似乎與聖誕和 Lhosa 的五光十色與喜慶氛圍格格不入。難怪這邊不及另一端人多。不過總不會處處都歌舞昇平、熱鬧歡騰吧？慶祝之餘不忘哀痛，才知道快樂時光得來不易，因而更加珍惜。這是災害和痛苦予人的啟示吧？

這燈火闌珊的街道上，一家賣羊絨的光亮店鋪旁，搭起了紅色的樑柱與屋頂，黃色的木架上放著韓國料理菜單。沒錯，我們來到午酒了。拾級而上，

滿眼尼泊爾人與喜馬拉雅自然風光的照片比店員更早歡迎我們。店員讓我們坐到窗邊的位置，頭上掛滿了寫著「午酒」的燈籠，背後是一串串像螢火蟲載升載沉閃爍不定的小燈泡，幽微而不至於隱沒的光芒，令餐廳饒富情調。

　　我們點了飯卷和烤五花肉。我想一嚐本地生產的 Everest 啤酒，你則點了一瓶可樂。前菜雖沒有八小碟，但也有六小碟。泡菜、醃花生、醃蘿蔔等的味道都不錯，酸酸的，頗開胃。飯卷外層的沙拉醬和脆粒，豐富了飯卷的口感和味道。伴隨五花肉上桌的有青瓜片、馬鈴薯片、香菇和洋蔥，另附生菜一碟，把肉烤好後用菜包著吃，既有蔬菜的新鮮，又有肉脂比例剛好的五花肉的濃濃香氣，讓人忍不住一口接一口地吃。Everest 啤酒味道雖然稍淡，但吃一口烤肉，飲一口啤酒，酒香和肉味在口腔裏相混，還是挺爽快的！在波卡拉的幾頓飯中，這算得上是最好吃的一頓！

　　吃飽之後，便把握在波卡拉的最後一晚，逛逛商店，看有沒有甚麼可買回去作為手信的，還有選些明信片，互相寄給對方。羊絨店雖然開得滿街都是，但我們不懂這東西，怕買貴了被騙了，就將目標集中在手工紙製品上。貫徹貨比三家精神，我們最後選定了一家名叫 Holy Book Shop 的書店，所賣的明信片和繪上彌薩羅（Mithila）圖畫的手工紙月曆

尋找 *Kamar-Taj* 之旅

都價廉物美。手工紙明信片上多是雪山和自然風景，有些則與佛陀或尼國相關的圖案，例如佛眼和佛像，或尼國國旗和版圖，又有一些是彌薩羅圖畫：手掌、雙魚等等。我們選了自己喜歡的明信片，在背面寫上所思所感，向老闆買了郵票，貼好就放進書店裏的信箱，期待將在波卡拉和 Poon Hill 的回憶寄到我們的家。我們又多挑了些手工紙明信片和月曆，算算要帶給多少個朋友和同事作為手信。月曆上的彌薩羅圖畫大多取材於大自然或神明，諸如日、月、大象、森林，甚至濕婆神夫婦，都成為繪畫對象。月曆有小有大，有黑白印刷的，有彩色印刷的，也有些是塗上顏色的，每份所填的顏色都不一樣，而且有些會填出界外，頗有童趣，看見了也覺歡喜。小的我們選了一些，帶給朋友，我也買了一個大的給自己，打算放在辦公桌上，把一點尼泊爾的感覺帶回公司。

　　飽餐一頓，買過手信，又寄了明信片，寒風之中，該做甚麼好呢？當然是吃甜品了！從未吃過炒雪糕的我們，看見 Fonkey 的攤檔，便走近看看。見那頭戴黑色鴨舌帽的年輕小伙子用兩把小鏟子在鐵板上剁切雪糕，將之攤平，然後澆上客人要求的醬料，最後將雪糕劙成一卷卷，再加上其他配料，放進雪糕杯中。他手起鏟落，功架十足，以爐火純青的技術，弄出一杯又一杯的炒雪糕，遞到不同的客人手中，我們正是其中之一。看了悅目的炒雪糕表演，吃著甜甜的 Cookie Monster，以此為波卡拉旅程的最後一夜作結，圓滿！

第 8 天　→

始遊加都：
從波卡拉回到
加德滿都、
市內漫遊

盤旋八句鐘

波卡拉旅程的終結，意味著我們要再次接受八小時在山之陽與山之陰之間盤旋顛簸的洗禮。早上七點多，酒店有車把我們送到車站，我們在漆黑與寒冷之中，等候載我們到加德滿都的車。

車來了。同車有一位來自英國的女士，她一登車，就跟安排座位的男人理論，說自己預先選好了某個座位，並不是現在給安排的那一個，但男人只是讓她坐到安排的座位上。她一肚子氣，跟我們說了幾句，然後無奈接受。直到到了加德滿都，下車以後，在凹凸不平的路上拖著行李箱的她仍是怒氣沖沖的。我們想，也許是我們到過其他地方旅遊，早已見識過這種「靈活安排」吧？所以還能無奈接受。可是重視合約精神的英國女士要理解、接受，甚至習慣，恐怕並非那麼容易。

我們開始了熟悉的顛簸。到了某個時候，我忽然發現，我們登上 Poon Hill 時用的 TIMS 呢？ Sachin 沒有交給我們，於是連忙聯絡 Indra，他問我們是否還在波卡拉，已在往加德滿都的路上的我們，只能默默遙想離我們越來越遠的 TIMS……Sachin 上山時他說會給我們保管，下山後再給我們，我們連相片也沒拍過一張，要是有張相片留個紀念也還好，但卻沒有。而其實 TIMS 從沒到過我們手上，我們的腦裏可謂完全沒有這東西的蹤影。唉，竟然完全遺忘了它……真遺憾啊！

在濃霧裏我們來到 Himalaya Tourist Kitchen Restaurant & Bar，有些人進去吃早餐，我們出發前已吃了點東西，就只到旁邊的 Star Coffee Center 買杯熱飲暖暖身子。後來車去了我們前往波卡拉時的那間餐廳，這次我們多夾了些上次覺得很好吃的炸魚、炸蔬菜和炸馬鈴薯。吃飽後便繼續顛簸，直到我們回到加德滿都的 Sorhakhutte bus stop。

加 都 漫 遊

下午四時許下車，到酒店下榻，稍為整理之後，便到酒店附近的塔美（Thamel）地區隨意逛逛，第二天才參觀世界文化遺產。

我們先穿過塔美廣場（Thamel Chowk），去找有名的書店 Pilgrims Book House，以便之後來買手信，然後向南走到 Thahiti Chowk。沿路商店林立，仰望盡是餐廳、瑜伽、賓館等招牌，以及繞柱上爬、飛簷走壁的電線，儼如蜘蛛俠以手吐絲在空中飄蕩後遺留的痕跡。

　　Thahiti Chowk 的標誌，是一座小型白色佛塔。從這裏開始，我們將親身體驗到何謂「五步一小廟，十步一大廟」，甚至「三步一小廟，五步一大廟」。這些無處不在的寺廟，多得無法逐一認識其名字與由來，以及供奉哪位神明，我們只有懷著敬意在旁邊走過。

　　過了這座小佛塔後，我們便來到加德新布佛塔（Kathesimbu Stupa）。這西藏式佛塔又叫 Kaathe Swayambhu Shree Gha Chaitya，建成於 1650 年，是斯瓦揚布納特佛塔（Swayambhunath）的小型複製品。那圓形屋頂上 13 層的金色塔跟斯瓦揚布納特佛塔一樣是圓形的，周圍也有轉經輪（Mani），我們就以順時針方向繞行佛塔，一邊轉動轉經輪，算是把經文唸了一遍。順時針方向繞行佛塔，是由於佛陀弟子以右肩朝向佛陀以表敬意，而我們也以右肩向著佛塔，以示尊敬。佛塔周圍有關了門的賣唐卡（Thanka）的店，還看見藏傳佛教中常見的法輪。

看完迷你版斯瓦揚布納特佛塔後，回到主要道路上，便見到一座尼瓦式建築，不知道其中供奉哪位神明？但見門前有金翅鳥迦魯達（Garuda），它是印度教主神毗濕奴的坐騎，通常祭祀毗濕奴的廟外都有牠的身影，看來這裏供奉的就是毗濕奴。然後我們又見到一座尼瓦式建築，這次則看不出甚麼端倪，不知道裏面有哪個神像了。在這「滿天神佛之都」，據說神明有三百三十萬個，諸神各有自己的化身，真是多如繁星。又聞說這裏「神比人多，廟宇比房屋多」，雖然說來誇張，但也挺寫實啊。

開始進入阿山廣場（Asan Chowk），就已肩摩踵接，有時有車駛過，便怕會被撞到，不敢妄動。不過到外地旅遊，最好的移動方式，也許是跟隨當地人。當地人走，我們便走，當地人停下，我們也停下。於是我們慢慢擠進了這像香港街市的廣場。這裏出售糧油雜貨、蔬果香料、醃製食品、衣服鞋履、杯盤碗碟等的店鋪一應俱全，人人都能找到自己所需。

　　這四通八達的廣場上，有兩座印度教神廟，其中之一散發著金黃色的光芒，想必地位非凡。廟門前的鐵欄上有像是瓦瓶的圖案，似乎代表著盛載儲糧的器皿。看來它就是安納普娜廟（Annapurna Mandir）了。Annapurna 由 Anna 和 purna 組成，分別是食物和豐足的意思，合起來的意思明顯，無庸多說。人們興建這廟宇，所祈求的，想必是很清楚了吧？管仲有言曰「倉廩實則知禮節，衣食足則知榮辱」，陶淵明則有詩謂「人生歸有道，衣食固其端」，食是多麼的重要啊！夜幕將臨，唯獨這座廟仍照亮四周，久久不息，看來對食物豐足的願望，也是永不止息的。

我們沿著人山人海的狹路，走向因陀羅廣場（Indra Chowk）。沿途也有不少商店，而最厲害的，我想是在一座印度教神塔台階上擺賣的商販。他賣的大概是羊絨或地氈吧？台階上全都是他的貨品。敬拜神明之處，成為了買賣之所，莫非神明並不介意，可以與人共處，予人方便，甚至歡迎他這樣做？

　　經過因陀羅廣場那大型尼瓦式建築——天之拜拉佛廟（Akash Bhairav Mandir），我們遠遠就看到杜兒巴廣場（Durbar Square）的建築物了。兩邊的民居把我們的焦點集中於塔蕾珠寺廟（Taleju Mandir）之上，它那剪影在夜空中聳立，叫人神往。其下則是燈火通明的商店，那麼晚了，市廛仍是那麼熱鬧。這時杜兒巴廣場已經關門，我們之後再來參觀，這晚就先回塔美廣場（Thamel Chowk）附近看有甚麼美食吧！

　　路過寺廟，經過在地震中垣牆倒塌、門戶傾側的建築，很快便回到五光十色的塔美廣場了。

　　我們來到頗具名氣的桃太郎餐廳，兩個寫著日文的大紅燈籠高懸門外，稍為營造一下日式風情。看上去雖然廉價，但大概能為背井離鄉的日本遊子一解鄉愁。

　　我們要了一客三文魚壽司拼味噌湯、天婦羅烏冬和雞肉串燒。三文魚的顏色較香港那些淺，味道還是可以的。天婦羅外皮炸得香脆，只是浸在湯中的部分軟了。串燒香味和味道俱佳，很想一吃再吃呢。雖然食物質素必然比不上日本當地的水準，但店開在外地，環境、食材等都難以跟日本一致，只能盡量「還原」。能在尼泊爾吃到這水平的日本菜，我們都覺得可以接受了。

第 9 天　→

尋找 Kamar-Taj：
帕蘇帕提神廟、
博拿塔、斯瓦揚布納特塔、
猴神宮皇宮廣場

　　也許這趟旅程的最後兩天，才是真正的「尋找 Kamar-Taj 之旅」。電影中，史傳奇醫生耗盡最後的積蓄，買了單程機票，來到尼泊爾，在大街小巷中穿梭，走過印度教神廟，跑到山上的佛塔，最後得到莫度的帶領，在皇宮廣場前，轉進小路中那大隱隱於市、毫不起眼的 Kamar-Taj 門口。他經過的地方，都是加德滿都谷地的重要景點，都是世界文化遺產。在加德滿都的這兩天，我們就跟隨他的足跡，走遍這些世界遺產，尋找進入 Kamar-Taj 的那一扇門吧！

　　為了順利找到每一個拍攝地點，出發前多次翻看電影片段，旅程中反覆瀏覽拍攝花絮，截下一張又一張圖片，金睛火眼、仔細觀察每個細節，務求在行程中找到最準確的位置，拿著奇異博士公仔留影。這工作雖說不上艱鉅，但仍是花了我們許多時間。這事在旁人眼裏可能很傻，但你願意陪我做這傻事，感謝你。

塔美尋蹤

　　要參觀那麼多的遺產，尋找 Kamar-Taj 的入口，當然要先飽餐一頓，不然何來力氣？這天我們先在塔美（Thamel）找一家獲得好評又早開門的食店——Sum Café——吃一頓美味的早餐。看著 Google 地圖，從大路轉進小路，從那小小的牌子上看到 Sum Café，看了菜單，然後進去。我們點了咖啡、熱朱古力、焦糖朱古力熱香餅和一份類似全日早餐的套餐。這豐富的早餐叫我們捧著肚子、充滿力量，出發去尋找 Kamar-Taj。

　　由於我們已身在塔美，當然先在這裏找尋博士足跡。電影中有一幕是博士來到一條電線杆前，望向滿滿的廣告牌，其中一個寫著「Holy Tours」、「Himalayan Healing! Find Peace! Find Yourself!」。這場景並不好找，單從電影鏡頭其實無法確實知道這是哪個地方。畢竟我們旅遊時，電影已拍攝了幾年，當中不少場景已有變化，所謂「滄海桑田」，我們真能找到那些場景嗎？不過我們還是從那電線杆和拍攝花絮看出來了！花絮中見到「Ink's Inc. Tattoo」廣告牌和「Everest Gear」招牌，雖然「Holy Tours」已經不在，但仍能從周圍未變的環境中確定此處就是拍攝的地方。我想在這些雜亂無章的街景中，能找到電影鏡頭所攝之處，應該是最難的了。之後在帕蘇帕提神廟（Pashupatinath）、博拿塔（Baudhanath Stupa）、斯瓦揚布納特塔（Swayambhunath）和猴神宮皇宮廣場（Hanuman Dhoka Durbar Square），要找出電影鏡頭，應該會容易一點。

帕蘇帕提神廟

　　我們先雇車到位於巴格馬蒂河（Bagmati Nadi）河畔的尼泊爾最大印度教神廟——帕蘇帕提神廟（Pashupatinath）。我們下車進入神廟範圍，便見到在 2015 年地震中受損的 Mahasnan Ghar。建築物外牆由木柱支撐著，看上去破壞不算嚴重，抑或是已重修得七七八八，所以紅磚和啡色木窗、窗櫺才能如此完整，繼續散發尼瓦式傳統建築的味道？往前走了十多步，便見到售票亭。售票員問我們從哪裏來，然後向我們收取 1000 元的尼泊爾盧比入場費，並給我們門票。1000 元尼泊爾盧比，是便宜還是昂貴？到了外地，拿著外幣的我們，總是無法將當地收費迅速換算成港幣，也難以判斷是便宜或昂貴。其實 1000 元尼泊爾盧比大概就是 60、70 元港幣吧，花 70 元港幣參觀世界文化遺產，值得嗎？這就見仁見智了，不過會到尼泊爾旅行的人，要是不肯花這些錢，不就白來一趟了嗎？

寻找 *Kamar-Taj* 之旅

　　過了售票亭，順著人潮往前走，便見到兩旁雪白的房子夾著一座城門似的黃色建築，上面用天城文寫著「Shri Pashupatinath Mandir」。「Shri」有許多意思，其中之一是「吉祥」，佛教文殊師利菩薩意譯為「妙吉祥」，那麼我猜，「Shri Pashupatinath Mandir」大概就是「吉祥帕蘇帕提神廟」的意思吧？「帕蘇」（Pashu）指眾生、所有動物，「帕提」（Pati）是統治者、領導者的意思。「帕蘇帕提」是濕婆神（Shiva）的化身。相傳祂很喜歡神廟附近的森林，於是化身為有金角的鹿在此玩耍，「帕蘇帕提」即那頭金角鹿之名。文字上方有藍色皮膚、手執三叉戟的濕婆神（Shiva）雕像。下方則有象神甘尼許（Ganesh）雕塑，是濕婆夫妻之子，也是智慧與財富之神。相傳濕婆離家後，其妻雪山神女帕爾瓦蒂（Parvati）生下兒子。後來帕爾瓦蒂出浴時，叫祂不要讓人進入室內，濕婆不知道祂是自己的兒子，一怒之下斬去其頭，帕爾瓦蒂出來發現，並將事實告訴濕婆，濕婆便斬下大象的頭，置於兒子頸上，因此有了這象頭人身的神祇。這神廟正是祭拜濕婆的地方。但眼前的通道只准印度教徒內進，所以我們只能繞到另一處過橋上山遙望。

　　繞過一些尼瓦式建築，見到看來是供參拜者休息的小屋（Pati）外放滿建築材料，多少也替這些漂亮的絳色感到悲哀，但願它們能盡快修復吧。那些棕色窗櫺鑲在紅磚牆上，窗框有方形也偶見弧形，上面的雕刻甚是精緻，每件都是值得珍惜的藝術品。木門上又刻上日月和壺等圖案，教人駐足停留，細意欣賞。

　　我們終於找到通往對岸的橋樑，過橋後先走上樓梯——奇異博士被莫度跟蹤下山的那條樓梯，經過以紅磚或白石砌成的塔，繞到山丘上看看。山丘上有更多的紅磚塔，每座都有深棕色木雕門窗，紅色的塔身上有白色的夾層和深灰色圓頂和塔尖。木拱門上方刻有金翅鳥迦魯達和鱷魚神獸摩卡羅，門拱兩旁則刻上保護神毗濕奴（Vishnu）及其身後的多頭巨蛇阿難答（Ananta），旁邊磚洞內的是濕婆化身拜拉弗（Bhairav）頭像。窗外都有濕婆坐騎公牛南迪（Nandi）雕塑面向塔身。走過紅磚塔，便見到一些白色的塔。白塔形制與紅磚塔大同小異。用白磚砌成的那些，也有木門木窗，只是塔頂有四邊形或多邊形，然後才是塔尖。另外也有用白玉鋪在表面，其中似乎是以其他石頭築成的。門窗也由金屬或石組成。用上白玉那些，外邊還用金屬欄杆圍繞。雖然塔是大同小異，但會否從用料上反映了階級或貧富的不同？

　　星羅棋布的塔後，有一座白塔，矗立於紅磚築成的基座和兩層塔身之中，是一座錫卡拉式（Shikara）建築。「錫卡拉」是梵文中的山峰的意思。這種建築多以石砌成，頂部中央為圓錐形尖頂，象徵神明所住的山峰。塔前、塔側均有三叉戟，一短一長，塔門前又有面朝塔身的公牛雕塑，可見是供奉濕婆的塔。塔身開了一個方格，有一隻鴿子站在其中，不知道塔裏是怎樣的呢？會不會成了鴿子的居所？說來鴿子在尼泊爾真是隨處可見，在加德新布佛塔那邊，不時能見到群鴿舉翅，從地上飛到屋頂，習習之聲可聞，有時挺怕鴿群從頭上飛過，鴿糞掉到身上，弄污衣衫。不過尼泊爾人對鴿群飛來飛去似乎已習以為常，但尼泊爾人對鴿糞似乎也不以為忤。看來這是個「人鳥共融」的國度。但白塔方格下有糞漬，不會對濕婆神不敬嗎？抑或是所有動物的統治者的器度的體現？

　　過了白塔，走到滿是猴子的樓梯，想起那天 Sachin 給我們的提醒，我們便小心翼翼地走，跟猴子保持距離。不過我們手上沒有膠袋，牠們應該不會過來搶劫吧？下降到一個位置，見通向前方建築的路無法通行，可能那裏就是只准印度教徒進入、祭祀黑暗女神卡莉的 Guhyeshwari Temple。無路可走，唯有回頭，拍拍圍牆下的灰頂白身的塔，就回到河邊去找那 11 座供奉林伽（Linga）的石塔。

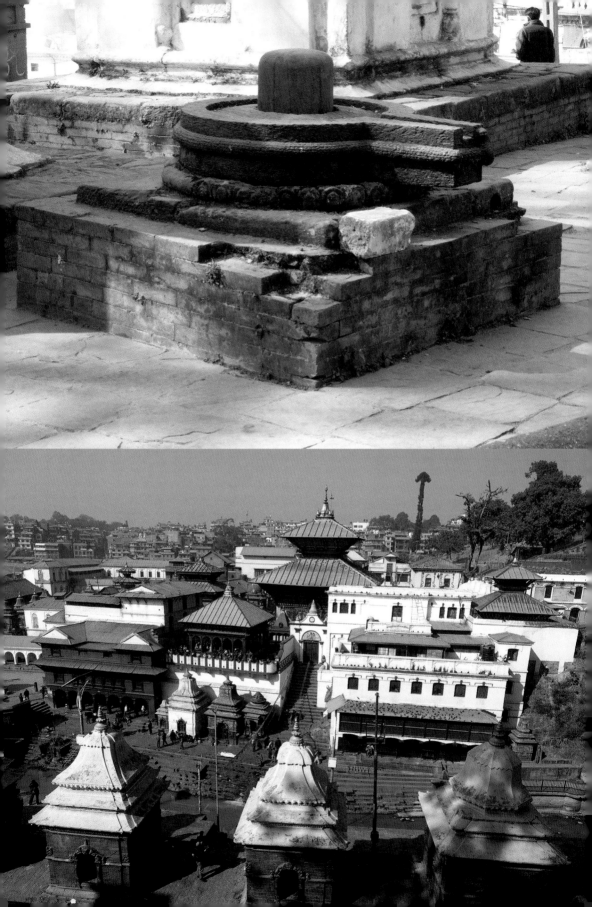

　　巴格馬蒂河岸上，建造了 11 座灰體白頂的石塔，四面都有拱門。剛才在山丘上見到那些石塔，跟這 11 座塔也頗相似，大概是類似的東西吧？每座塔內都供奉一組林伽與優尼（Yoni）。林伽是濕婆的生殖器，象徵繁殖、創造，其下有引道的圓盤叫作「優尼」（Yoni），象徵濕婆妻子帕爾瓦蒂的生殖器，引道朝向北方——祂們所居住的喜馬拉雅山岡仁波齊峰（Kailash）。濕婆是印度教三大主神之一，是破壞神，代表毀滅同時也代表重生，因此已婚婦女會向濕婆神祈求懷孕。這些林伽塔，大概就是人們祈求生育而建的吧？

　　我們在這 11 座林伽塔後的斜坡上，望見對岸的神廟主體區。二重金頂尼瓦式建築在日光照耀下閃閃生輝，又有點點灰黑的鴿子作為點綴。屋頂下的斜撐則刻上與濕婆相關的神話內容。據說裏面供奉四面濕婆頭像林伽石雕和濕婆雕像，但由於我們不是印度教徒，始終無法進去證實。較近河畔的位置築了平台和亭子，人們在亭子裏休息，或靠在平台邊俯瞰河畔。他們在看甚麼呢？

尋找 *Kamar-Taj* 之旅

河畔築起了一些方形石台,有些台上有柴堆和乾草,濃濃的白煙自此升起。這些就是印度教徒的火葬台。印度教徒認為,能在濕婆神的庇蔭下去世是神聖而幸運的事,因此會在人臨死之前送到火葬區旁的等候室,等他們雙眼慢慢合上、聲音漸漸變小,以至於氣息全無、軀體漸冷,並在死後盡快火化。待骨灰灑入尼泊爾聖河——巴格馬蒂河,亡者靈魂便能隨水漂流到神界。

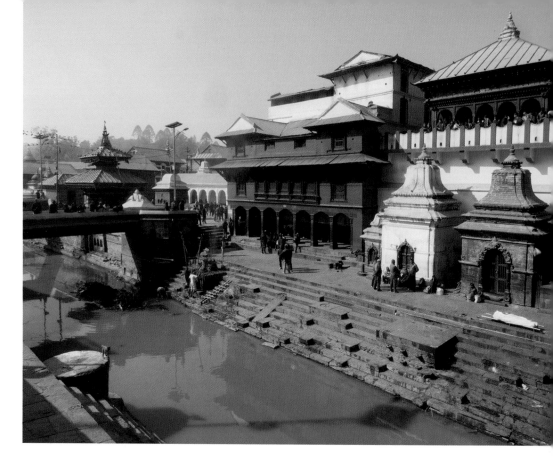

　　橋的另一邊，有一位身穿素白衣服的亡者之子，正在燃點火葬台上的柴草，送親人最後一程。另一火葬台旁則停放了另一具用白布包裹的遺體，正等待火化。這兩個火葬台分別是皇室和婆羅門種姓專用的。上方平台的人就在見證這一幕幕的火化過程。原來在印度教中，送死是如此公開如此開放的。不知道亡者親人和平台上的人分別會有怎樣的心情？印度教徒相信得到濕婆庇護是幸運的、相信死後靈魂會歸於神界，但對於死亡，他們是坦然面對，還是拼命擺脫？他們怎樣看所謂的「死後世界」？也許他們也懼怕死亡，也會恐懼死後的不可知？信奉其他宗教的人，即使相信有死後世界，靈魂不滅，或者可以輪迴到下一世，但也會懷生畏死吧？人同此心，心同此理，大概印度教徒也一樣吧？

　　近年每次出席喪禮，總會想起〈擬挽歌辭〉和〈自祭文〉。陶子說「有生必有死」，自然是常理。但從「候顏已冥，聆音愈漠」，到「魂氣散何之？枯形寄空木」，再到「嬌兒索父啼，良友撫我哭」和「肴案盈我前，親舊哭我傍」，還有「欲語口無音，欲視眼無光」，即使多年過去，最初讀到這些句子時的真實與沉重，至今仍歷歷在目，還時刻浮現眼前。那對死亡

的迷惘，尤其是「魂氣散何之」，恐怕是沒有信仰者的共同困惑吧？靈魂是存是滅，不得而知，縱然存在，會留在人世、魂歸天國，抑或投進黃泉？所謂天國和黃泉，是怎樣的？世間種種描述，到頭來會否只是幻想或杜撰，而其實天國與黃泉都不存在？所謂輪迴，又是怎樣的？誰能知道呢？孔子說：「未知生，焉知死？」是否真的如〈影答形〉所說般，「立善有遺愛」便可以了？「三不朽」真能助人釋除對死亡的擔憂嗎？有人主張珍惜每一天，不讓人生留有遺憾，又是如何能夠做到？沒有遺憾，就能安心離開了嗎？人在世間有那麼多的關係、擁有那麼多的東西，要放下是多麼困難的事啊！只是死生有命，誰也說不準自己會在何時何地離開人世，也許下一刻就要乘鶴西去呢？那個時候，又能帶著多少擔憂離開呢？可能到了最後，真的如〈神釋〉所說般，「應盡便須盡，無復獨多慮」，或者，不由得我們選擇，只能被動接受「盡」臨到我們身上，所以也不必「慮」？

看著眼前的送死儀式，也許我們只能珍惜尚有心跳、仍在呼吸的時刻，還有和旅伴共度的時光，用皮膚迎接冬陽之溫暖、涼風的清爽，用雙腿感受大地承載我們的厚德，用眼睛欣賞、用鏡頭記錄眼前每片風景。既然要珍惜，又怎能忘了拿出奇異博士，在這個拍攝場景中，記錄他的足跡？可是我們尚未找到 Kamar-Taj，還要繼續上路，尋找那學道求法之門。我們要學博士，走到橋上，拿著地圖，找來一位頭戴小帽的尼泊爾人，向他問一聲「You know where Kamar-Taj is」嗎？

博拿塔

繼續尋找 Kamar-Taj 之前，我們先向北進發，參觀離帕蘇帕提神廟不遠的博拿塔（Baudhanath Stupa）。車來到一條街道，司機說對面的拱門就是了。我們都覺得難以置信：常聽說這座尼泊爾最大佛塔是坐飛機俯瞰加德滿都時最容易看見的建築物，但它竟然「大隱隱於市」，居然置身鬧市之中，被幾層高的樓房圍繞得密不透風，從外頭完全看不出來？下車買票，經過拱門，從房子之間透出的空隙看見了佛塔，才能確定自己沒有跑錯地方。

買票入場，往前走幾步，就能見到博拿塔的全貌了。湛藍的天空中片雲全無，陽光灑在博拿塔上面，雪白的塔身和金黃的塔尖，熠熠生輝，彷如佛光反射到眼中，耀目得叫人無法直視。

博拿塔那三層向上逐漸收窄的白色底座，代表冥想，因而按照以冥想來進入禪定的曼陀羅（Mandala）圖案建造。Kamar-Taj 地面的圖案正是曼陀羅圖案。最下層的牆壁上有多個刻著六字大明咒「Om Mani Padme Hum」的轉經輪，佛教徒轉動轉經輪，右肩朝向佛塔繞行。底座上是覆缽式塔基，代表從所有煩惱中解放的無境地。這種覆缽式佛塔源於古代墓塚，是最古老的佛塔形制。白色覆缽塔基上繪畫了橘黃色的蓮花花瓣圖案，底部有 108 個壁龕，各置一尊石雕佛像。塔基上就是金色的塔。四方柱塔體上有個四角錐體，分為 13 層，上面有華蓋和塔尖。四方柱體的每面都繪上象徵佛陀眼睛和鼻子的圖案，眼睛就是所謂的「觀看四方之眼」，代表佛法無邊，無所不見；鼻子是有如「？」般的形狀，其實就是尼泊爾數字「1」的寫法，代表所有生命的統一、和諧一體。眉心位置還畫上一隻眼睛，是佛陀的第三隻眼，代表無上智慧，但給布幔遮蓋，所以通常無法看見。

　　第三隻眼常被認為與開悟、洞察、想像、專注、超感官知覺等能力有關，又與時間和光等元素相關。在印度，除了佛陀外，濕婆神亦擁有第三隻眼。奇異博士初到 Kamar-Taj，表示不相信靈魂、脈輪之說，然後古一大師對他說「Open your eye」，須注意那是「eye」而不是「eyes」。同時古一用拇指按他的眉心，正是第三隻眼的位置，相信就是要讓他打開第三隻眼，去觀看他前所未見的景象，讓他明白世上還有很多他未知的事物，叫他不要自以為是。

　　上方的四角錐體，共有 13 層，代表通向涅槃的 13 個階段、境界或 13 種知識。華蓋之上的塔尖與尼泊爾寺廟頂端相似，有一個尖頂裝飾，是神明從天而降的象徵。

　　整座佛塔又象徵了構成宇宙的五大元素：曼陀羅底座為地、覆缽塔基為水、金色塔體為火、華蓋為風、塔尖為空。華蓋下懸掛到底座上的五色經幡，分別以黃色代表大地、綠色代表水、紅色代表火、白色代表風、藍色代表天空。經風一吹，經幡上的經文就能隨風吹送到各地。

　　我們依照規矩，以右肩向著佛塔，以表示對佛陀的敬意，一邊繞行佛塔，一邊遊覽旁邊的喇嘛寺和商店。這裏充滿藏傳佛教特色，大概跟博拿塔的歷史有關。博拿塔約於 5 世紀時建造，其後於 15 世紀被穆斯林破壞後重建。博拿塔所在位置，在古代是尼泊爾與西藏之間的朝聖和貿易路線，旅人和朝聖者多在此祈求平安或謝神。1960 年代，流亡藏民多聚居於此，有不少喇嘛寺亦在此興建，因此博拿塔附近有「小西藏」之稱。

　　我們見到一間喇嘛寺，上面有個平台，似乎可以讓我們從另一角度觀賞博拿塔，便走上去。登上後卻發現角度一般，沒法將整座塔拍下來，就回到地面，繼續繞行。

尋找 Kamar-Taj 之旅

這裏的商店多出售宗教用品。一邊聽著「Om Mani Padme Hum」誦唱音樂，一邊看商店擺賣的佛陀畫像、線香、燭台、念珠……繞了一圈之後，就給司機打電話，繼續到斯瓦揚布納特塔尋找 Kamar-Taj 去了。

斯瓦揚布納特塔

我們沒有走那數百級樓梯，而是由司機把我們載到斯瓦揚布納特塔（Swayambhunath）的停車場，由此進去參觀。

到了平台，便看見許多石砌小佛塔，還有一些被綠網包著的損毀建築。原來斯瓦揚布納特塔主體建築在 2015 年地震中輕微受損，而周圍有些建築是完全塌下來了。本來有兩重金頂的鬼子母廟應該就是其中之一。幸好那白色巨塔沒有倒下，否則就要白來一趟了。

這座加德滿都谷地最古老的佛塔，已有 2300 年以上的歷史，15 世紀時亦受到穆斯林攻擊而損毀，其後修復過來，才能在 21 世紀繼續閃耀出光芒。白塔形制基上本與博拿塔相同，但卻比不上博拿塔大。其「觀看四方之眼」之上，四面都各有五尊金色佛像雕塑。上面的 13 層塔為圓錐體，這是與博拿塔最大的差異，可作為分辨兩座佛塔的標誌。佛塔正面有兩座錫卡拉式白塔，又有一真言宗法器——巨大的金剛杵，信徒參拜時觸摸金剛杵，就能獲得力量，以破除愚痴，消除煩惱。面向金剛杵的一側，有一尊大日如來像，這與斯瓦揚布納特塔的傳說來源有關。

　　相傳古代的喜馬拉雅山腳下，有一個巨大湖泊，湖中有時會出現大日如來的身影，湖心的島上則種著蓮花。一次，文殊菩薩要從五台山到印度去時，得知這傳聞，就轉到這湖泊去了。此地居民因湖有大蛇而苦惱，文殊菩薩便拔出寶劍，將山斬開，使巨蛇隨湖水流失而消失。文殊菩薩就在山丘上蓋了這佛塔，供奉大日如來。文殊菩薩以劍劈山，現在人——尤其是沒信佛教的人——也許不會輕信。但原來加德滿都谷地曾是湖泊，谷地南部的山崩塌後，就形成現時的地貌。也許是過去的人為了解釋地貌變更，而如此附會吧？至於文殊菩薩興建佛塔的傳說還是較難以置信，但用以說明其歷史之悠久，也未嘗不可。

　　通往佛塔正面的長樓梯旁築了個平台，在此能俯瞰加德滿都那櫛比鱗次的房子。雖然藍天在上，但始終受冬季氣候影響，高氣壓令加德滿都的漫天灰塵無法吹散，因而在城市上空形成一層白色煙霞，遮擋了視線，使我們無法極目，將最遠處的景物也收入眼底。不過，這大概就是加德滿都之冬的特色吧？

奇異博士在帕蘇帕提神廟向路人探詢 Kamar-Taj 的位置後，走到塔美地區，再跑到斯瓦揚布納特塔上，用右手轉動轉經輪後，灰心喪意地說了句「Kamar-Taj」卻得不到僧人的回應後，他終於被莫度發現了。博士眾裏尋它，若不是莫度發現了他，之後又怎能帶他到 Kamar-Taj，開啟之後一連串的故事呢？這個景點如此重要，必須拿出奇異博士公仔拍照，做個紀錄才行。當然，少不得以右肩向著佛塔，以手轉動轉經輪，順時針方向繞行一周，表示對佛的敬意。

我們沒有博士那麼幸運，遇上莫度，卻給周圍成群結隊的猴子步步進逼，以至於包圍了。可是猴子在印度教中被視為聖獸而受到保護，尼泊爾政府也順理成章地將這個野猴聚居地劃為猴子保護區，因此人們都不敢動牠們一根汗毛，遇上牠們，只好乖乖躲開。我們也離開佛塔範圍，四圍參觀一下。

斯瓦揚布納特塔作為禮拜佛陀之地，附近自然而然有著各式各樣的佛塔。下樓梯後，便見到大大小小的白色佛塔，有些像迷你版斯瓦揚布納特塔，有的則像舍利塔，周圍又立了不少銅鐘。另外還有一尊金漆佛像立於蓮花之上、水池之中。

寻找 *Kamar-Taj* 之旅

然後我們繞到更遠的地方，見到幾個小喇嘛在踢足球，踢得興致勃勃。我在旁看得也興味盎然，想著若能加入，跑幾步，踢幾下，或者他們力度太大，將球踢到我這邊來，我可以將球回傳給他們，也好啊！有時開心就是那麼簡單。可是這些幻想沒有實現，我們還是繼續行程去了。

猴神宮皇宮廣場

　　司機在猴神宮皇宮廣場（Hanuman Dhoka Durbar Square）收費區外放下我們，我們首先見到的不是紅磚啡窗組成的傳統建築，而是一幢純白建築，一根根羅馬石柱支撐起巨形天花，長拱門透露著裏邊的歐陸風情，乍看還以為自己到了歐洲旅行。這座建築物叫 Gaddhi Baithak，是 Chandra Shamsher Rana 國王從倫敦回來後建造的皇宮禮堂，在這個老皇宮廣場的紅棕色中，以其潔白反射陽光，以耀眼的白光吸引遊人和當地人注目。

　　它的旁邊，是被棚架和外棕內綠的網包圍著的巴山塔布塔（Basantapur Durbar）。巴山塔布塔在 2015 年地震中受損，我們旅遊時，只能憑棚架外的和旅遊書中的相片去想像它那九層樓原本有多宏偉壯麗。

　　巴山塔布塔南面的巴山塔布廣場（Basantapur），有一座外牆有點剝落、暴露出其中的紅磚、用不少支柱斜撐著的白色建築，前面是許許多多的地攤。地攤擺賣林林總總的貨品，佛像、印度教神像，或是佛珠、耳環、廓爾喀彎刀，都井井有條，靜待有緣人將自己帶走。店主沒有吆喝叫賣，或拿著貨物跑到人們面前兜售，只是靜候有意光顧的客人蒞臨

選購，可是生意似乎有點慘淡。有趣的是，店主沒有愁眉苦臉，只是保持耐心，等待客人走近細看、挑選。或許這是尼泊爾不拜金的純樸民風的體現？

　　廣場旁邊的紅磚建築，是庫瑪莉活女神廟（Kumari Bahal），據說由 Jayaprakash Malla 國王建於 1575 年。相傳馬拉王國保護神塔蕾珠（Taleju）下凡，化身為人與馬拉國王玩遊戲，有一天國王對女神起了邪念，女神便離開他。後來國王苦苦哀求，女神才以童女之身返回人間，自此就有了供奉活女神的習俗。

　　要當選為活女神，條件頗為苛刻。首先要是出生於佛教徒的釋迦家族，在初經之前未嘗受傷又要經過不同的試煉，展現出過人的膽識和智慧，才能當選活女神。當選後，女孩要離開父母，住進活女神廟，不得隨便離開，在裏面學習女神應有的舉止，並由私人導師教導女神一些在學校該學的知識。活女神地位相當崇高，連生父也要向她朝拜，過去的國王亦會在祭典中，跪在活女神面前接受祝福。直到初經來時，活女神

才可卸任。卸任後可以如一般女性一樣自由生活、結婚生子,但她們可能會難以適應常人生活,而一般人也會認為娶前活女神為妻會惹來厄運,所以活女神在成長過程中沒法結交朋友,長大後也難以組織家庭,最終陪伴她們的,就只有寂寞了。如此看來,風光的是活女神的家庭,但女孩自己卻要承受出任活女神前和卸任後的種種辛酸。那麼,當選活女神到底是幸運還是不幸?

　　活女神廟的建築,其講究、精緻之程度,也與活女神的地位相稱。屋頂上的裝飾是三個金色的小塔,其下的斜窗,正中的一個為金色,不是每座神廟都用上這樣的規格。正門門楣上的半圓木雕板,固然雕工精細,更令人讚嘆的,是鑲嵌在牆上的每一個木雕窗櫺。方形雕花以外,有些雕刻了開屏孔雀,有些則是數不盡的圓形圖案,這些都是不見於一般建築的裝飾。想必國王建造此廟時,找來了無數技藝爐火純青的工匠,向活女神獻上最佳的手藝,數百年後的今天,我們才有機會一睹這卓絕的傳統工藝。

　　穿過由一對白色石獅守衛的正門，我們來到中庭。廟內的人大概都對活女神生出由衷的敬意，在廟內都不敢高聲交談，只敢低聲喋囁，腳步也放輕放慢了，不敢打擾甚至驚動活女神。廟裏相機的「咔嚓」聲，恐怕已是最吵耳的了。在廟中，廟外的一切喧囂似乎都給隔絕了，因而生出「結廬在人境，而無車馬喧」之感，但無關乎心遠不遠，只是因為這裏是神的居所。

　　據聞將款項放進捐獻箱中，然後輕聲呼喚庫瑪莉（Kumari），就有機會一睹活女神真貌。可是和我們一起參觀的人都沒這麼做，所以沒有見到活女神。廟內各處放滿不准拍攝活女神的警告牌，即使我們能一見活女神，也只能與之四目交投，不能帶著她的相片回家。要是想看，就只能在書中或網絡影片中看了。

　　看不見的，其實又豈止活女神真貌呢？2015 年尼泊爾大地震中，加德滿都猴神宮皇宮廣場的許多建築都毀於一旦。三年過去，到了 2018 年

冬天，尚有許多重要建築未完成復修，其中之一，正是跟加德滿都名字由來有關的「木頭之家」「加薩滿達」（Kasthamandap），也有人稱之為「獨木廟」。「獨木」之名，源於加德滿都城市建設之初的傳說：人們用一棵巨大的神樹建造出一間木屋，那間木屋就是這座古老建築了。可惜這加德滿都之本，如今只是殘陽下、棚架中的一堆紅磚，根基全毀，不成屋形，真教人唏噓。

　　走到售票亭，眼尖的賣票員一眼就看出我們陌生的臉孔，問我們來自哪裏，一邊收取入場費。我說我們來自香港，她的笑容彷彿立時變得燦爛起來。雖然參觀舊皇宮廣場的費用要幾十元港幣，可能會令人覺得昂貴，但看見那些頹垣敗瓦，大概會想到這丁點入場費，對於龐大的重建費用來說，可能算不上甚麼，也就不必計較了吧？若當作是支持尼泊爾保育和復修世界文化遺產，大家會更樂意掏腰包嗎？

　　進入收費範圍後，就看到迦魯達（Garuda）面朝紅磚台基跪拜著，台基上本來是供奉毗濕奴的特雷洛基亞墨翰納拉揚神廟（Trailokya Mohan），也連台基坍塌了。

想不到守護神毗濕奴無法保護尼泊爾的生靈免受地震摧殘，甚至無法保護自己的神廟，使之逃出地震的魔掌。現在的台基如此整齊光鮮，看來是正在復修的成品了。迦魯達身旁的石塔則仍完好，人們還能坐在上面休息乘涼，可謂不幸中之大幸。

可是後面的太后廟（Maju Deval）則沒那麼幸運了。縱然台基尚存，但高塔和錫卡拉式（Shikara）白塔已不知所終。遊人如我們，只能憑台基上那有如建築物般歪斜的相片，想像這座由馬拉王朝巴克塔普爾皇太后建造、供奉濕婆林伽（Linga）的高塔的原貌。

毗濕奴自身難保，破壞神卻能倖存，而且仍與妻子一同在濕婆‧帕爾瓦蒂廟（Shiva-Parvati Mandir）上俯瞰芸芸眾生。外牆雖略見裂痕，但整體仍算完好，其雕刻精緻的門窗、屋頂上如魚鱗般整齊排列的瓦片猶存。屋頂的壺形裝飾仍在太陽底下閃閃生輝。破壞與重生，都掌握在濕婆手中，是這個緣故，使祂的神廟屹立不倒嗎？

經過幾間賣唐卡的商店，抬頭看了看那些精細的雕刻，就見到建於18世紀的塔蕾珠之鐘（Taleju Bel）。一個大型吊鐘高高在上，與猴神宮相對望。相傳鐘聲能消災解厄，不知道2015年地震中，它的聲音消弭了多少的破壞？

這些建築的台基上，不難發現有許多當地人聚集、休息，甚至連外國人也跟他們坐在一起。塔蕾珠之鐘後方，有一個長方形亭子和一座有著三重屋簷的六角形塔，後者是庫里須那廟（Chyasin Dega Krishna Mandir）。它的最大特色正是它那六角形的外觀，在波卡拉或加德滿都，似乎都沒見過六角形的神廟，就只有它。兩層建築下面或疏落或密集的坐了好些人。不過冬天的加德滿都頗為乾燥，時常塵土飛揚，外國遊客坐在那些地方，會怕令衣衫弄污嗎？還是覺得應該入鄉隨俗，體驗一下尼泊爾人的悠閒、簡樸的生活？我想，走在尼泊爾的街上，還是戴上口罩，或者用布遮掩口鼻較好，不然吸入塵土，受罪的可是氣管啊。我就是沒有戴口罩，在加德滿都走了一整天，覺得呼吸有點不順暢，大概是吸進了塵土，氣管不適了。

　　時候不早，我們沒有跟那些外國人一樣坐下休息，而是繼續前進，來到廣場北面參觀。這裏最亮眼的，要數普拉塔布 · 馬拉國王石柱（King Pratap Malla's Column）和嘉格納神廟（Jagannath Temple）。

　　普拉塔布 · 馬拉國王石柱（King Pratap Malla's Column）由馬拉國王於 1670 年建造，紀念他在位期間興建了廣場的大部分建築。石柱台座上的普拉塔布 · 馬拉國王鍍金雕像在斜陽下金光閃爍，國王後方有眼鏡蛇裝飾，象徵他是保護神毗濕奴化身。國王身旁是兩位妻子及五個孩子的鍍金雕像。寶座周圍有獅子、大象等動物雕塑。在這鴿比人多的廣場，國王雕像周圍盡是鴿子，看來國王也與鴿為善呢！

尋找 Kamar-Taj 之旅

石柱旁是有名的嘉格納神廟（Jagannath Temple）。為甚麼它那麼有名呢？原因在於神廟的斜撐上那滿滿的性愛雕刻，刻著濕婆和性力女神戴維（Devi）交歡的畫面，而且每根斜撐的性愛姿勢都有所不同，看得人尷尬臉紅，不敢直視。但這裏的人似乎都見怪不怪，或者深明「食色，性也」的自然之理，因而不覺得有甚麼感到尷尬、需要迴避的吧？神廟供奉濕婆，濕婆是破壞神，但同時也代表重生。濕婆信仰中的林伽（Linga）與優尼（Yoni）正是性愛、繁殖、創造的象徵。大概這在印度教徒眼中，是不必見怪的事，反而視之為生命的泉源吧？也許只是我們這些自詡來自「禮儀之邦」的人，以為低俗，避而不談罷了。

那守在皇宮大門的猴神哈努曼（Hanuman），似乎不能直視那些性愛姿勢呢。朱紅羅傘下的猴神身披赤色斗篷，臉上給塗上橙紅色麵糰。據說這是因為祂看見了這些性愛雕刻就會無法專心守護皇宮，所以人們才將祂的雙眼遮蔽起來。但遮蔽了雙眼，又如何監視來犯之人，守護皇宮呢？不過哈努曼是印度史詩《羅摩衍那》中除惡揚善的猴神，或許不用雙眼看，也能利用祂的神通守護此處吧？

通過仍在復修的「黃金門」，我們就進入了皇宮區域——拿梭宮院（Nassal Chowk）。北側是有著五層圓塔的 Panch Mukhi Hanuman Mandir，南側為頂著狀似帳篷的巴山塔布塔（Basantapur Durbar），雖然有一部分被棚架包圍，但給夕照曬得金黃，仍反射出和暖的光芒。但願它們都能盡快復原。

皇宮開放參觀的部分不多，其中一處是歐式建築，內裏展出了不少震災中的照片，以及不敵地震而倒塌的建築的相片及模型，包括「加薩滿達」（Kasthamandap）和太后廟（Maju Deval）。

　　另外亦有皇宮翻新前拍下的相片，看過才知道原來我們身處的地方，曾遭穢草裂牆，惡木毀柱。荊榛叢生，磚石頹圯，過去純白無瑕的建築盡是黑斑，滿眼荒蕪與蕭然，望之使人感嘆：再美好的事物，怎樣也不敵「成住壞空」之定理，若非後人勤加拂拭整修，今天我們恐怕不能佇於這歷史建築之中，得見前人精湛之神工。

　　從「黃金門」返回廣場，來到一面孤懸人海之中的牆壁。牆的正面雕刻了濕婆最恐怖的化身——黑色拜拉佛（Kala Bhairav）。神像手執寶劍、盾牌，又拿著人頭等物件。雖說是要刻畫出其恐怖形象，但其表情卻頗富童趣，帶點可愛。傳說在黑色拜拉佛面前說謊的人會吐血身亡，不知為何令人想起古代中國以廌「觸不直者去之」之風俗。但黑色拜拉佛的表情那麼可愛，人們真的會畏懼嗎？抑或明白表面可愛，看似沒有殺傷力，內裏才是最恐怖、最兇殘的這個道理，所以人們還是會乖乖吐出真話？這就不得而知了，畢竟在短短的遊覽時間中，沒看到在黑色拜拉佛面前訴訟、被要求說出真話的人，只見到大量信徒不絕地禮拜祂。

　　跟黑色拜拉佛道別，向廣場北方進發，來到塔蕾珠神廟（Taleju Mandir）門前。這座擁有四百多年歷史的神廟，是為了供奉馬拉王國保護神塔蕾珠（Taleju）而興建的。由一對石獅守護、門上弧拱刻上許多印度教神祇的塔蕾珠神廟，是皇室專用的，每年只在達善節對外開放一天。據說房屋建得比塔蕾珠神廟高的話，就會惹來厄運，看來塔蕾珠女神才

是至高無上的存在呢。這跟紫禁城太和殿作為皇權象徵，百姓建房子不得高於太和殿，也有相似之處呢，不過在中國是皇權至上，在尼泊爾則是女神至上。尼泊爾人對神明的敬畏可見一斑。那麼我們也跟女神保持適當距離，以顯示我們對祂的敬畏之心，同時從不同角度欣賞它在夕陽照射下散發出的光芒吧！

回到起點

　　離開皇宮廣場，便趁夜幕仍未低垂之時，回去塔美（Thamel），途中還是經過天之拜拉佛廟（Akash Bhairav Mandir）。這是奇異博士尋找 Kamar-Taj 時，其中一個途經之處。這鏡頭上接他在帕蘇帕提神廟（Pashupatinath）問路人 Kamar-Taj 在哪。他在這人車爭路、響號聲不絕的地方找了不久，接著就看見「Himalayan Healing! Find Peace! Find Yourself!」廣告牌了。這座天之拜拉佛廟較寬廣，而三層建築之中，第二層的鍍金裝飾甚為突出，加上旁邊商店那鮮明的紅色，令這場景較易辨認。可是這裏人來人往，肩摩轂擊，決不是 Kamar-Taj 所在之處。那麼，Kamar-Taj 到底位處何方？

　　隨後我們沿阿山廣場（Asan Chowk）回到塔美（Thamel）。途中見到有些賣羊絨的店，店中最吸引的不是羊絨，而是那些寫上簡化字的牌子。例如「好基友一輩子，好圍巾幾輩子」，「說英文不是最棒的」，「老板會中文，拿貨超低價」，「跳樓價、放血價」等等，看來是為了吸引中國遊客一擲千金買下羊絨。不過我們這些不懂分辨羊絨品質、不了解價格高低的，看了，笑了笑，拍張照，就繼續在那慶祝聖誕和新年的燈飾下走，直到我們來到吃晚餐的地方 ——Picnic Korean Restaurant。

Picnic 所在之處頗不顯眼，裏面的裝潢比較簡樸，而且由連續的三間店組成，下單和結帳都要等店員過來，或者直接去找店員過來才行。我們這晚吃烤肉飯和石鍋飯，味道不錯。若拿它跟波卡拉那午酒相比，自然是不能比肩的，始終兩家是不同檔次的店。這時有點掛念午酒了，那裏的食物真是尼泊爾最味美、最叫人垂涎欲滴的。若問我尼泊爾哪家店的食物最好吃，我一定二話不說，首選午酒。

吃過晚飯後，我們隨便在街上逛逛，並來到一家商店。抬頭一看，香港人必定一眼就能認出商標，但顏色和其中的字型都與平常所見略有不同，上面還加上了「Everest」字樣。想不到這裏也有偽冒的連鎖便利店呢。招牌還寫上「Store」、印滿了「超市」字樣，看了只有無奈一笑，然後回去酒店，準備把握旅程最後一天，到帕坦（Patan）繼續尋找 Kamar-Taj。

第 10 天　→

繼續尋找
Kamar-Taj：
帕坦皇宮廣場、
加德滿都迎新年

最後旅程

　　旅程終於來到最後一天，這天過後就要離開尼泊爾，返回香港了。到底我們能不能在帕坦找到 Kamar-Taj 的入口呢？

　　即使按捺不住把握時間及早出發的心，但出發之前，還是要先吃早餐。其實早開門、出售早餐的店並不多，而你真厲害，總是能找到吃早餐的地方。這天我們來到 Yala Café，點了一杯咖啡和一杯熱茶，配一份香蕉、煎蛋、熱香餅配朱古力醬，以及一份炒蛋、麵包配牛奶穀物。回想在尼泊爾的這些日子，早餐彷彿都是西式的，煎蛋、炒蛋、香腸、熱香餅、麵包……喝的不外乎果汁、咖啡或茶，有一刻會好奇：尼泊爾人早餐也吃這些嗎？會不會是吃炒麵或手抓飯之類的呢？

　　吃過早點，就坐上的士，前往帕坦，繼續尋找 Kamar-Taj 的門口。

美麗之都

其實除了加德滿都的猴神宮皇宮廣場（Hanuman Dhoka Durbar Square）外，加德滿都谷地尚有兩個皇宮廣場，一個位於與加德滿都一河之隔的帕坦（Patan），一個位於巴克塔布（Bhaktapur）。加德滿都谷地有三個皇宮廣場，是由於 1482 年國王亞克夏 · 馬拉（Yaksha Malla）逝世，馬拉王朝一分為三，分裂成加德滿都、帕坦和巴克塔布三個王國，於是有了各自的領地，有了各自的皇宮。

帕坦過去在梵語中稱為「Lalitpur」，在尼瓦爾語中稱為「Yala」，二者都有美麗之城、美麗之都之意。帕坦正是以其超卓的藝術水平、絕倫的工藝品聞名，因而以此為名。在馬拉王朝三分之後，三個王國更在藝術上互相競爭，其中帕坦可謂「藝術無雙」，在雕刻技術和藝術水平上獨領風騷，加德滿都和巴克塔布王國都無出其右。至於今名帕坦，則指商業之城。帕坦在古時已是商業重鎮。商旅貿易往來之外，還帶來了宗教傳播。相傳公元前 3 世紀的阿育王篤信佛教，並在帕坦四個地方興建佛塔。帕坦有八成人口信奉佛教，良有以也。無論是美麗之都，還是商業之城，都是極為切合帕坦驕人成就的名稱。

第10天 ↓ 繼續尋找 Kamar-Taj

帕坦擁有如此卓爾不群的藝術水平，我們來到，必定要好好欣賞才行！幸好帕坦皇宮廣場在 2015 年地震中的損毀程度不及猴神宮皇宮廣場那麼嚴重，我們才能將尼泊爾古老傳統的精湛技藝成果盡收眼底。

首先映入眼簾的是一個給圍封的水池狀建築，旁邊有一石柱，上面有一石像，可是書上都沒有相關資料，也就無法了解那是甚麼建築了。要是那是個噴水池，後面以紅褐色的尼瓦式建築為背景，那些正對水池而坐的當地人，面對此景，必定會覺得怡然自得，賞心悅目吧？

水池前方是一座八角形的錫卡拉式建築，那是黑天神廟（Krishna Mandir），又譯庫里須神廟，或克里希納神廟。庫里須是濕婆的其中一個化身，據說有上千個情人，被視為愛神。但據說人們主要朝拜的，是廣場中另一座正方形的庫里須神廟，不知道同一廣場內有兩座神廟的原因何在？不過這八角形亭子，作為入口地標，也挺醒目的，從售票亭設在它旁邊，也能感受到它存在的意義。

看見庫里須神廟，就想起《奇異博士》中有一個鏡頭，是從高處微微俯瞰帕坦皇宮廣場的，最接近鏡頭的正是這座庫里須神廟。於是我們嘗試去找一個可以拍到類似角度的位置，結果真的給我們找到了一個不高的平台，在一些商店上面，算是可以登高遠眺。

　　拍過照之後就正式參觀帕坦皇宮廣場了。到售票亭買票，對方給我們一張牌子，掛在頸上，一天內可自由進出廣場。此時，坐在庫里須神廟旁的當地人突然走近我們身邊，問我們要不要導遊，害怕受騙的我們堅定地拒絕了，說自己參觀就好，還好他們沒有糾纏下去。

　　庫里須神廟旁是塔蕾珠之鐘（Taleju Bell），是 1736 年馬拉王朝的 Vishnu 國王建造的。據說國民向國王申訴不公時會來敲這個鐘的。不知道是角度影響，還是真的略有不同？這鐘連兩旁石柱看上去比加德滿都那個脩長，如果是真的有差別，可能是兩地藝術風格的影響吧。

正對塔蕾珠之鐘的，是建於 1670 年的桑達里宮院（Sundari Chowk）。三層建築頂層置中的三個窗櫺，中間的一個金色，兩旁的則飾以象牙，在木雕與磚牆之中，散發出皇家貴氣，比加德滿都庫瑪莉活女神廟（Kumari Bahal）中間金色、左右赭紅還要華麗。是因為帕坦長久以來作為商貿樞紐，累積了盈室的財富嗎？看來，在帕坦，皇家氣派勝過了遠方活女神的威靈。是因為帕坦遠離活女神，自稱是守護神毗濕奴化身的馬拉國王不怕觸怒塔蕾珠女神的化身，所以如此大膽嗎？

桑達里宮院正門兩旁有三尊石像，分別是象神甘尼許（Ganesh）、半人半獅子毗濕奴化身那辛格（Narsingha）和猴神哈努曼（Hanuman）。看那辛格的樣貌，難以覺察祂是獅子，看上去並不兇殘，但雙手卻在挖開一個人的肚皮，露出其中的內臟，是不是更為恐怖了呢？猴神哈努曼則跟加德滿都猴神宮正門那尊差不多，只不過沒有傘蓋。不過祂的前方並無性愛雕刻，為何也如加德滿都那尊雕像般，全身橘紅呢？是為了維持統一的特色嗎？

桑達里宮院那鑲嵌在紅磚之中的木雕大門深鎖，我們只能在外欣賞精美的雕刻了。這大門的木雕面積，比庫瑪莉活女神廟（Kumari Bahal）和旁邊的慕爾宮院（Mul Chowk）正門都要大，也許是身份地位的象徵吧。

慕爾宮院是帕坦皇宮廣場中最大、最歷史悠久的宮院，慘遭祝融後於1665 年重建。上方放了不少印度教神明雕塑、由一對石獅守衛的正門並不開放，要進去參觀，得從慕爾宮院和塔蕾珠神廟（Taleju Mandir）之間的通道進去。

　　進去之後，會來到一個中庭，中央是一個類似在帕蘇帕提神廟（Pashupatinath）見過的林伽塔，不過看來鍍上金漆，其中未見有林伽（Linga）。面向塔蕾珠神廟的兩點鐘方向，有一座八角形的三層高塔，那是德古塔蕾神廟（Degutalle Temple），跟塔蕾珠神廟一樣不開放。

　　置身中庭，抬望包圍著自己的木建築，你會發現滿眼精緻的木雕：磚牆之中，窗櫺雕滿石柱的形狀，還層層疊疊，有如古一在鏡次元中所扭曲的空間那樣，予人整整齊齊、層次豐富之感。斜撐上的神像三頭十臂，立於樹下、站在坐騎和石台之上，透露著一點神力。至於下層木柱，也滿是雕飾。神像必然不會缺席，其他各種的圖案，一層一層，就這樣將二樓支撐起來。走到廊下，可近觀柱上的雕刻，其中有的是如意結。

中庭另一邊則有金漆門和兩尊手執法器的金色神像，門上金色雕刻，刻上十二尊擁有多對手臂的神像，抬頭望，「滿天神佛」之感油然而生。門口兩旁的，看來有點像菩薩。看來還是該讓對佛教有認識的人來辨認較好，我還是不要假裝專家了。

環顧慕爾宮院的中庭之後，我們走到上層的 Architecture Galleries 參觀。這裏將本來高高在上，置於屋簷的精美木雕放到人眼水平，供人們仔細欣賞。既然帕坦是美麗之都，怎能不將當地最上乘的藝術品展現人前？人們看過之後，大概也會讚嘆帕坦工藝之精湛，首屈一指而非其他地方可以比肩，生出愛護之心，不忍毀壞這些木雕吧？

離開 Architecture Galleries，穿過門廊，就來到建於 1670 年的桑達里宮院（Sundari Chowk）了。這裏的木雕一樣精細，還看到之前沒見過的佈置。兩幅夾成直角的牆，兩道門的兩旁，都有神像木雕，對稱得彷彿是鏡像。若非親眼看見，單看相片，或會以為是電腦用鏡像功能後製而成的。當然，細看之下便會發現還是大同中有小異的，就像是一幅有著數百年歷史的「找不同」圖像。

　　桑達里宮院的中庭不及慕爾宮院的大，中央是一個水池、一張石凳和兩根石柱。據說石凳是國王修行之處，就算風雨橫斜，國王也在會睡在此處。至於水池，又是一件工藝品。那是杜沙水池（Tusha Hiti），是國王的浴場。除了池邊一座錫卡拉式小石塔外，池邊和池壁都圍繞著不少神祇石雕，而出水口更是黃金的。雖然不了解祂們是哪些神明，但大概只有一國之君才能在這神祇環繞的水池出浴吧？

　　參觀完杜沙水池後，跑到桑達里宮院外窺視外面那更大的水池，又登上宮院二樓走了一圈，俯仰一番，就回到廣場上去，繼續在這藝術天堂中徜徉。

　　廣場上，靠近塔蕾珠之鐘的，是正在重建的哈里桑卡神廟（Hari Shankar Mandir）。它是一座建築在三層台基上的三層建築，入口由一雙伏下的大象守護。神廟由尤格納倫德拉・馬拉國王（Yoganarendra Malla）之女興建於 1705 年，供奉半毗濕奴半濕婆的哈里桑卡神，斜撐上亦有不少性愛、審問犯人或折磨罪人的雕刻。可是重建需時，不知要到何時才能讓這些雕刻精品重現人前了。

　　哈里桑卡神廟旁邊，是一座錫卡拉式石塔，以及尤格納倫德拉‧馬拉國王像和石柱（Yoganarendra Malla Statue and Stone Pillar）。石柱上半部毀於 2015 年地震，經過修復，柱上的國王塑像才能繼續在陽光下閃耀出只屬於君主的光芒。圓形蓮花台座上的馬拉國王雙手合十，盤坐於有銅鳥站立頭上的眼鏡蛇華蓋之下。兩旁是兩位皇后的鍍金造像。傳說中，馬拉國王告訴國民自己是毗濕奴化身，不會死去，除非銅鳥飛走，或金翅鳥迦魯達在石柱上的碗中下蛋，或比許瓦納斯廟（Bishwanath Mandir）前的石象走到曼嘉水池（Manga Hiti）喝水。可是這些都沒有發生，於是人們還是相信國王還沒死去。可是，不死國王的傳說固然可疑，若說百姓仍相信國王還沒死，還替國王打掃房間，準備迎接他回來，這不是更可疑了嗎？大概傳說之事，姑妄聽之就好了。

　　尤格納倫德拉‧馬拉國王像旁，為重建中的恰爾納拉揚神廟（Char Narayan Temple）。該廟建於 1565 年，為帕坦皇宮廣場最古老建築，想不到會毀於 450 後的一場震災之中。我們遊覽時只能隔著鐵欄，觀看一對石獅挺起胸膛，雄糾糾的守護那供奉毗濕奴化身納拉揚（Narayan）的神廟。本來神廟斜撐刻滿毗濕奴化身和性愛雕刻，可是不知要到何時，才能欣賞到了。

　　大概木建築還是經不起大地的強烈震盪，只有石砌的錫卡拉式建築才能倖存。這座正方形的黑天神廟（Krishna Mandir）築在兩層台基之上，底層為廊柱形式，其上是印度涼亭形式的建築，為希迪那辛‧馬拉國王（Siddhinarsingh Malla）於 1637 年所建。台基上幾乎坐滿了當地人：共享耳機細聽音樂的情侶、注視手機閒坐的男女、談笑風生的年輕人、拿著文件看似要做報告的學生……不論男女老少，都聚在這「大涼亭」之下。我們也一登台基，只是沒有坐下，融入當地人之中。神廟外部刻上許多精美石雕，相信要製作石雕，要比木雕更花功夫，也對工匠的技藝有更高的要求。介紹尼泊爾的書籍上說神廟橫樑刻有印度史詩《羅摩衍那》和《摩訶婆羅多》，但神廟與加德滿都帕蘇帕提神廟（Pashupatinath）一樣，非印度教徒不能進入，因此我們只能學劇照中的奇異博士，在廟外繞行欣賞，景仰無名的工匠。

尋找 *Kamar-Taj* 之旅

正對黑天神廟（Krishna Mandir）的，是建於 1734 年、由一對石獅守護著黃金門的凱夏弗 · 納拉揚宮院（Keshav Narayan Chowk）。正門滿布金黃的裝飾：門楣上的四頭十臂塔蕾珠女神、門釘、門環，與上方金色窗戶的雕塑一同閃耀出富麗的光芒。凱夏弗 · 納拉揚宮院現在是帕坦博物館，展出不少印度教與佛教珍藏。其中不可或缺的是釋迦牟尼佛，另又有多種不同時期的雕塑。其中一個雙眼鑲上寶石的佛像，外表跟現在我們所見的佛像相去甚遠，但也挺有趣的。要是我們曾經涉獵中亞藝術，對佛教塑像流變歷史略知一二，相信這次參觀，必然興味更濃。

此處又有不少小型雕塑，而諸神多有超過一個頭、一張臉、一雙手，這些都是神像常見的造型。相信博物館也覺得這是印度教和佛教神佛的重要特色，也會引起參觀者的疑問，於是特設文字解釋：怛特羅密教和佛教的密宗中，天神和諸佛造像常有多首多臂，以呈現其複雜的性格和多種大能。另亦介紹佛教的三乘、四諦，以及佛像、菩薩像和印度教神祇的常見姿勢和手印。看著那些

圖畫，就想起奇異博士、古一等施法時的手印，當然，兩者不是同一回事。電影中那些是由手指舞導師專門設計的，雖然不知有沒有密宗手印的背景，但看著學法者施法，還是會聯想到這些手印的。加上電影中的法師召喚出來的，以及在 Kamar-Taj 地板上的曼陀羅圖案，就令人更覺得電影與佛教甚至密宗有關了。

從黃金門出來，回到廣場上，再向北走，就會見到仍在復修中的 Visvesvara Temple。這神廟在不同書上都有不同的名字，或稱為比許瓦納斯廟（Bishwanath Mandir），或叫作菲斯旺納廟（Vishwanath Mandir），但我想還是以在當地所見的名字為準吧？此廟建於 1627 年，供奉濕婆林伽（Linga）。最大特色，要數門前一對為人所騎的大象，以及廟上那大量而細緻的濕婆雕刻。神廟每枝斜撐、每根木柱、每個門楣，都給木雕填滿了，即使是大小窗櫺也由精細的雕刻組成。這恐怕是整個帕坦，以至整個加德滿都木雕最豐富、最精緻、最密集的神廟吧？只是「密集恐懼症」患者大概會看得寒毛直豎……

　　Visvesvara Temple 之北，尚有一座給鐵欄圍起、仍有待完全復修的三層尼瓦式建築，那是比姆森廟（Bhimsen Mandir）。最低那層築了一個露台般的位置，大概是鍍了金，使上面的雕刻隱隱閃著金光。斜撐上的神祇雕塑，大多完好，看來它在震災中算是損毀較輕微的了。我們能看到這些立體的雕塑，神祇的手、手執的法器，這些部分都頗幼，而且時有突出於斜撐主木板之外者，若無高超之雕刻技術，大概沒法做得如此精巧、不朽，難以令神廟顯得美輪美奐。中間那層，在兩條斜撐之間有四條橫木，橫木上有些食器，據說是由於工匠、商人視廟中神明為保護神，因而在廟上掛上杯子和湯匙作為供品。這是我們所知的唯一有工匠專門供奉神明的神廟，在加德滿都應該沒有這種廟宇。大概是由於帕坦是美麗之都，雕刻工藝以至諸種技藝都首屈一指，所以特別重視這類神明的崇拜，祈求在工藝水平上繼續領先加德滿都和巴克塔布（Bhaktapur）。

　　比姆森廟前方，是曼嘉水池（Manga Hiti），是居民重要的汲水處，不過旅行時卻不見有人取水，恆河女神座騎鱷魚神獸摩卡羅（Makara）造形的出水口亦不見有水，可能是因為冬季少雨，過於乾旱。沒法親眼看見書上那些平民百姓日常生活的畫面，想來有點可惜。

何處才是 Kamar-Taj

參觀完整個皇宮廣場，心思回到奇異博士尋找 Kamar-Taj 的過程上，猜想 Kamar-Taj 的入口會否就在帕坦皇宮廣場附近呢？我們從廣場北端跑回南端，過了馬路，竟看到跟電影中一模一樣的畫面！那是莫度帶著奇異博士走向 Kamar-Taj 時途經的一條街道，二人在宏偉的帕坦塔蕾珠神廟背景前轉入小巷。試問我又怎能錯過這畫面呢？當然要立刻拿出公仔拍下照片才行。然後還想：電影中，他們轉入小巷，之後就走到 Kamar-Taj 了，那門口有沒有可能在這裏附近呢？於是我們嘗試在肩摩踵接的大街小巷中左穿右插，只為找到那一個門口。我們繞了一圈，沒找著。你猜那門口不在這邊，我卻想毫無遺漏地找遍每條小巷，但確實找不到。那門口可能真的不在這裏吧？

時過正午，飢腸轆轆，找不到門口，只好去找食物填飽肚子，好讓我們有氣力把握最後一天下午去找那學法之門。我們再次回到廣場北側，登上 Café du Temple 的樓梯。我們點了雪碧、Lassi、炒飯和意粉，一次過品嚐尼泊爾、中國、意大利的味道。

我是太想找到那門口了，竟生出請教店員的念頭。他們能單憑相片看出那是何處嗎？他們說的是否真的可信？最後還是在付錢時問了一句。想來在異地竟有不怕尷尬的勇氣，平日在香港卻畏頭畏尾，難道在沒有人認識自己的地方，勇氣會特別大？收銀員一看我拿在手上的截圖，認出那是奇異博士的畫面，可是他也不知道確實位置在哪，但熱心的他找來另一個店員來看，那店員竟能清楚說出 Kamar-Taj 門口的所在位置。我拿出 Google 地圖，讓他為我指出位置。得到他的指示，我的心就飛到那「Kamar-Taj 的所在地」去了！離開餐館，就急不及待出發，連帕坦皇宮廣場附近的一些景點也忽略了。

我們急步走向帕坦門，希望找一輛的士馳往加德滿都，把握入黑前的時間找到那門口。途經 Pimbaha Pokhari，看見池水倒影著啡褐的尼瓦式建築和藍天，想不到路過也能意外收穫美景，忍不住稍為停下腳步，拍下照片。此後走不多遠，就來到帕坦門了。我們竟然在這裏見到幾位身穿畢業袍的大學畢業生，也忍不住要拍下來，畢竟異國畢業袍是不多見的。

雖然白色的帕坦門較具現代感，但上面還是充滿必不可少的尼泊爾特色。尼泊爾文字固然不在話下，門的兩旁有象神甘尼許（Ganesh）及其他神祇的雕塑或圖畫。宗教與整個國家風俗融合無間，連現代化建築也不能缺少這些宗教元素呢。

出了帕坦門，找到一輛的士，向司機詢問價錢，感覺合理，就一口答應，二話不說，跳上的士向加德滿都進發了。駛過無人的交通警崗和沒有顯示人像的人像燈，的士慢慢向目的地前進。可是沿途都是現代化建築，許多大片的玻璃鋪滿大廈外牆。看著地圖上的衛星定位與目的地越來越近，心裏愈來愈覺得不對勁。結果在喧囂的鬧市下車，怎麼看也不像那煙霧瀰漫、坐滿修行者的小巷啊！不肯死心的我們還是略為看看周遭，甚至鑽進一條無人小巷，結果一無所獲。好吧，我們失敗了。找不到那求道學法之門，看不到電影場景，當然也不會見到古一、莫度和奇異博士了。本來還在說笑，若能找到那扇門，我就去學魔法，不回香港，如今第二天就得乖乖回港，繼續面對現實了。

鬧市中遊走

　　懷著滿心期盼回到加德滿都，卻始終找不到 Kamar-Taj 而失落的我們，決定把握最後一天的時間，在附近閒逛。經過毀於2015年地震的賓森塔（Bhimsen Tower），走到位於坎提路（Kanti Path）的 Civil Mall。商場內有電影院、機動遊戲、快餐店，以及許多出售年輕人服飾的商店。據說商場很受年輕人歡迎，可是進去以後，卻是人流疏落。

QFX 電影院的熒光幕播放著 Marvel 電影的預告，幾乎是商場內唯一的聲音來源。碰碰車都停在幽暗的角落裏面壁，等待少年登上座駕，較量一番。商場另一邊的 Virtual Reality Station，則有一對男女正踏上一次不知是驚險還是夢幻的旅程。Virtual Reality Station 前方的一家炸雞快餐店，酷似知名的美國炸雞店，卻名為 KKFC，白髮蒼蒼的上校也變成了目光如炬的雄雞。這邊一家人，那邊一群好友，各佔一桌，品嚐著那異國風味。他們可會知道，世界上還有另一家相似的店呢？

離開 Civil Mall，好奇地走進另一個商場。這裏人也不多，卻有一棵約有十米高的聖誕樹，向上斜繞的裝飾，有點像身穿曲裾的古人。

之後，我們沿著坎提路走向新路（New Road）。途經一個巴士站，候車處貼上寫著尼泊爾文的紙張，我們完全看不明白。對開的馬路上，一輛又一輛巴士停靠，車上的收費員拿著錢，又有人在路上指示人們上車，不知道那幾輛車分別駛向何處？不懂尼泊爾語、不熟悉地理位置的我們，不敢登上任何一輛巴士，只能在路上看人頭湧湧，擠到不同的車上，然後循我們要走的道路，繼續前往新路。要是我們在尼泊爾生活的日子長一點，會敢坐上巴士嗎？

轉入新路，就見到比帕坦更大的白色的通道。最高處正中央是在傳統尼瓦式建築的正門上常見的寶壺，其下是連著彩色斜撐的簷篷，再下方有看似是獅子的雕塑。連日來所見到的尼泊爾獅子形象，跟在香

港的頗不一樣，有時真的不很確定那是獅子還是甚麼生物。不過門楣旁的象神甘尼許（Ganesh）還是不可能認不出來的。

　　進入新路，來到一個迴旋處，正中有一個銅像，那是尼泊爾拉納王朝家族成員——朱達 · 蘇姆謝爾 · 忠格 · 巴哈杜爾 · 拉納（1875 年 4 月 19 日 —1952 年 11 月 20 日）——的銅像。他在 20 世紀 30 至 40 年代出任尼泊爾首相，亦是陸軍元帥。網上資料說他有 20 個兒子和 20 個女兒，數量驚人，不禁令人猜測他有多少個妻子。他又於 1934 年獲中華民國陸軍上將軍階和寶鼎勳章。為甚麼尼泊爾的首相會得到民國的軍階和勳章呢？背後有甚麼鮮為人知的歷史，有待我們認識？

沿新路走回塔美（Thamel），經過「銅板之樹」——給釘上許多銅板的一棵樹，據說這樹供奉的是治療牙痛的神明，因此附近牙科診所林立。可是為甚麼會是釘上銅板呢？為甚麼樹跟治牙痛的神有關？人們從甚麼時候開始釘上銅板？這樹為甚麼沒有繁茂的枝葉，而只得一大塊木頭？似乎有許多未知的故事尚待我們發掘。

加德滿都迎新年

這天是 2018 年的最後一天，塔美地區的各家餐館、商店，都亮起一串又一串小燈飾，紅、粉紅、綠、紫、橙、藍⋯⋯眾彩紛呈，吊在半空，似把 Poon Hill 的星夜搬到加德滿都來了。另外有些則掛出色彩繽紛的汽球，像在開歡樂的派對。一些食肆更將煮食用具搬到門外擺攤叫賣，而人群絡繹不絕，購物的購物，觀光的觀光，周圍洋溢著熱鬧的氣氛。

我們走到 Villa Everest——一家於 1991 年開業的韓國餐館——吃晚餐，慶祝新一年的到來。我們吃的是烤五花肉，味道尤佳。吃完燒肉，就用湯去煮醃過的雞肉。用這種方式烹調，還是第一次，開了眼界，也長了知識。不過我們在尼泊爾吃過幾家餐廳的韓國菜，還是沒有一家能媲美波卡拉的午酒。真的，以後有機會再到波卡拉，一定要吃午酒。

　　飽餐一頓之後，我們回去酒店附近，見到街道中央搭建了一個表演台，射燈發出藍色的光芒，一群男子在台上列隊，其中一個拿著咪高峰，卻不知嘰哩咕嚕在說甚麼，人們都在台下周圍冷靜地聽著。其後樂隊登台，鼓手、吉他手、歌手各就各位，歌手在影像變幻多端的電子屏幕前載歌載舞，人們

都拿出手機錄影，甚至有在直播的，似要將高漲的氣氛擴散到熒幕的另一端。在這應當狂歡的場合，卻出現了破壞氣氛的持棍警察，他們圍在台下值班，市民都跟他們保持距離，不能像波卡拉迎接 Lhosa 的遊人般，緊緊圍在台下，隨著台上的歌聲起舞。但人們還是無視警察手中的長棒，盡興地沉醉於音樂之中，滿心歡喜地期盼 2019 年的來臨。

　　一旁的電線杆上，掛著為迎接 2019 年到來的 Thamel Street Festival 而設計的海報。海報上，除了在五色經幡下手舞足蹈、大張笑口的人外，竟然有一個寫著「香港」二字的招牌。不知道是按照某個真實場景設計，抑或刻意加上去的呢？回想起到猴神宮皇宮廣場購票時，售票員聽到我們來自香港後露出笑容，到底香港和加德滿都有甚麼淵源，令這裏的人好像特別歡迎香港人呢？

　　歌聲、歡呼聲此起彼落，歡快的倒數聲過後，我們在這個友善親切的城市，比身處香港的家人、朋友早 2 小時 15 分鐘踏進 2019 年。新年快樂！

第11天 →

歸途

HAVE A SAF

JOURNEY

尋找 Kamar-Taj 後，終於要回港了。晨光熹微，寒意襲人，我們在這熟悉的尼泊爾早晨，登上酒店替我們叫的的士，來到特里布萬國際機場（Tribhuvan International Airport）。

辦好登機手續，得到善意溫暖的祝福：「Have a safe journey」，就來到候機室。稍為延誤的客機，似乎理解我們不捨尼國之情，延長我們踏在尼泊爾土地、用鼻子享受尼泊爾味道的時光，窗外的藍天、紅磚、綠地，是我們最留戀的風景。不過，無論對這簡樸而單純的快樂土壤多麼的不捨，也得回去那複雜而充滿擔憂甚或算計的商業世界中去。

　　這十天的旅程要結束了，有哪些印象深刻、值得回味的地方嗎？我又是否達到旅尼的最初目的，又有沒有甚麼得著呢？這就要回想出發之前。

　　治安好壞，往往是朋友對我旅遊目的地的第一個疑問，尤其是發展較落後的國家，我有時也會因這「是否安全」的問題而猶豫，猶豫是否要去當地旅行。尼泊爾自然也不例外，會受到朋友的質疑。也許是朋友在外地有過不愉快的經歷，成了驚弓之鳥，這是可以理解的，而且想來我算是幸運的。不過在香港，也會遇到小偷吧？只要我們多加留神，集體行動，應該就可以了，相信不必過份緊張，否則終日提心吊膽，只顧提防小手，損害旅行的興致，叫旅行成了苦事，那又何必呢？尼泊爾民風純樸，而且百姓多信奉印度教和佛教，我這種無宗教信仰的人，總覺得這些宗教導人向善的力量會令人約束自己的行為，較少做出不合禮、不合法的事來。尼泊爾雖然落後，但會否是：落後成就純樸、先進導致機巧？無懷氏之世、葛天氏之時，社會發展落後，卻是人最沒機心的時代，陶淵明嚮往之，我亦嚮往之。這樣想，也許愚笨，也許落後，也許不顧現實，但尼泊爾人似乎頗能體現這種純樸之風啊？尼泊爾人不是不求財富，他們也求，但大多數也是腳踏實地、勤勤懇懇，以自己的勞力和努力來換取金錢，改善生活。Sachin 如是，山上的掮客、餐館老闆、費娃湖上的船夫……莫不如是。「不戚戚於貧賤，不汲汲於富貴」，大概是最適合用來形容尼泊爾人的句子，而他們依然純真快樂、樂天知命。看到他們的笑靨，還誤以為尼泊爾就是不丹。若當初因為過慮而不肯踏出第一步，我又如何踏足這美麗的國度，親身體會純樸的民風呢？

尼泊爾發展落後，使我們花在交通上的時間也頗長：兩天有合共十六小時在加德滿都和波卡拉之間往來。我曾想過，不如多花一點金錢，乘坐只消四十分鐘就能抵埗的飛機，使我們遊覽兩地的時間更充裕。但你覺得還是坐旅遊車較好，那麼我們就坐坐車吧！也許是身處生活節奏急促的都市太久，甚麼都求快：粉麵求快熟，知識、資訊求速食，坐車、坐地鐵則要迅速到達目的地，連走路也要左穿右插但求領先，只要前面的人腳步稍慢也會被人在心裏咒罵，而電梯的速度也首屈一指無出其右……如今稍有喘息、享受沿途風光的機會，卻不自覺地求快，慣於求快之害多深啊！我們欣賞過加德滿都和波卡拉截然不同的風景，感受過群山大川之間的微氣候，品嚐過山中食物的滋味，見識尼泊爾人「靈活」調動座位的做法，「親近」那些與我們一同升降的車上蒼蠅……這些都是乘坐飛機無法獲得的「手信」。若非選擇坐車，我們能有這些經歷嗎？不過，回到香港之後，我們還是要踏上速度驚人、像被梯級和扶手拉扯向上的電梯，重新適應急促的節奏。願我們在香港也有乘著徐徐行進的車船，慢慢呼吸的瞬間，就像在波卡拉、在加德滿都慢活時一樣。

說到呼吸，這在尼泊爾可能是問題，但同時也是享受。所謂問題，在於加德滿都人車喧囂揚起的塵埃，當地人會用口罩覆蓋口鼻，避免吸入太多塵土而導致呼吸系統不適。我們沒有這些準備，不免要受到塞鼻子和咳嗽的折磨了。但同時，或許是因為我們沒有戴口罩，才能嗅到尼泊爾獨有的味道——佛塔周圍燒香薰出的濃厚宗教氣息、加德滿都和帕坦磚木混合建築的歷史風味、Poon Hill 那蒼鬱欲滴、淙淙流淌的自然滋味，以及了無機心、笑臉迎人的純樸人情味，儘管某些「味道」並不完整。

所謂的「不完整」，是在 Poon Hill 上看不見日出，是 TIMS 沒有回到我們手中，是時間不足無法一次過逛完加德滿都三大皇宮廣場，是太急於回加德滿都尋找 Kamar-Taj 之門而錯過了也許近在咫尺的景點，是在地震中受損的帕蘇帕提神廟和斯瓦揚布納特塔的部分建築，是帕坦和加德滿都兩個皇宮廣場上只剩殘垣甚或已成廢墟的文化遺產，是那扇沒有找到的門（後來再搜尋資料，才知道原來那是廠景，哈！）……太多太多的缺陷，太多太多的遺憾。沒法事盡如人意，也無法一次過達成到尼泊爾旅遊的目的，人生就是如此，但這也好吧，遺憾總是重遊舊地的理由，叫我們遇上之前錯過的種種。

有些事，未完成、得不到、有遺憾，反而美好，有時完成了，得到了，卻會換來空虛和失落，你說是嗎？一項工作未完成，得日日夜夜為之忙碌，心上總記掛著那件事，不得安寢，很苦吧？可是一旦完工，卻無以為繼，空虛忽爾盈室，是另一種苦。有些事物，得不到，可以留個幻想的空間，想像得到後的美滿，要是真的得到了，卻不如想像般美好，或者滿足了得到它的欲望，就失去了願望，反而失落了，未如想像般高興。求而不得，確實是苦，求得之後的空虛，又何嘗不苦？原來得到，同時也是失去。聽上去會感到奇怪嗎？但這卻是大家多少也經歷過的吧？我們日夜追求的圓滿，那個我們心心念念，首尾終於連在一起的圓，竟然給我們帶來空虛，帶來寂寞，帶來失落。圓滿竟然是空的！很奇怪吧？也許這就是圓滿之缺失，完美之醜陋吧？可是人就是那麼奇怪，圓滿不美，卻被圓的表象欺騙，依舊追求圓滿，誓要消滅遺憾。不過，遺憾和缺陷，能示人以前進的目標，能予人以發憤的動力，心嚮往之，自然向其邁進。由是觀之，遺憾反而是人做事的動力，也是人生存的動力，又何嘗不是人創造人生意義的動力？我們帶著那些遺憾乘坐飛機回港，而窗外的喜瑪拉雅山脈，似乎在呼喚我們：「要再來尼泊爾啊，填補這次旅行的空白，修補這趟旅程的遺憾。」會的，我們一定會再到尼泊爾，希望有幸得見復修完畢的古蹟，遊遍加德滿都的三個皇宮廣場，甚至到尼國其他地方遊覽：到佛陀出生地藍毗尼朝聖，到奇旺國家公園的叢林中探險，登上別的高山欣賞聖母峰……尼泊爾，願我們在不久的未來再見！

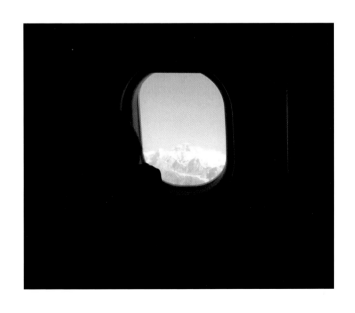

尋找 Kamar-Taj 之旅

——後記

本來沒有想過要寫遊記。

記得那天,「山竹」襲港過後,得到一天假期,有幸聽到本來因公事而錯過的講座。講座後與老師談起會到尼泊爾旅行,又談起之前到過新疆、北韓等地旅遊,老師便提議我寫遊記。聽後,我回應道:「已有不少人寫過,我還能寫些甚麼呢?」老師還是堅持,鼓勵我寫。

是的，我本來沒有想過要寫遊記，畢竟業已出版的遊記甚多，我有何推陳出新，不落窠臼之能，可以言人之所未言，盡人之所未盡？想來誠非易事。加上當今網絡資訊發達，只要鍵入關鍵詞，結果所列，博客如雲，遊記如海，恐怕我所寫的，別人早已寫過。那麼，我的遊記有何意義？更遑論要印刷成書，將一己淺見或微不足道的感受公諸於世。即使刊行，今人真有閒情逸致，捧書細讀嗎？真有閒情逸致的人，在浩如煙海的書叢中，為何要選擇這本遊記呢？難道沒有更好的選擇嗎？凡此種種，都在否定自己寫遊記的意義。

　　但是，老師的鼓勵，對學生而言是莫大的肯定，而且旅伴的無限支持和協助，令我在寫作的過程中，回味了「尋找 Kamar-Taj 之旅」的種種：純樸熱情的尼泊爾人、綿亙萬里的安納普娜、純淨耀目的兩座佛塔、震中殘存的皇宮廣場、送死迎生的帕蘇帕提、塵土飛揚的加德滿都、甘旨芬芳的各國佳餚，當然少不了尋找《奇異博士》電影取景場地的難忘片段。那找得到與找不到的畫面，歷久彌新，如在目前，更像鋪墊續集，預告再赴尼國，延續尋找 Kamar-Taj 之旅。也許書寫遊記有其最純粹的原因，不為他人而寫，不為「語不驚人死不休」，只為回憶的旅行過程和抒寫心中的真情實感，作為個人成長的片段式紀錄，也算是在匆匆數十載的人生中，記下值得回味的一鱗半爪。

　　遊記寫成，過了好一段日子，才鼓起勇氣聯絡出版社。蒙出版社不棄，才有了讀者手上的這本書。若這書能令讀者有所共鳴，或有一二得著，沒有白費時間，大概算是對得住讀者了吧？

後記

最後，希望把這本書送給你——欣——一直與我同行並互相扶持的旅伴，以及給我無言支持的家人和朋友。當然，少不了鼓勵我寫遊記的程老師。你們在各種路途上的陪伴，在此由衷致謝。

尋找 *Kamar-Taj* 之旅

走訪尼泊爾——

尋找
Kamar-Taj
之旅

看山——著

Travel 023

書名：	走訪尼泊爾——尋找Kamar-Taj之旅
作者：	看山
編輯：	AnGie
設計：	4res
出版：	紅投資有限公司
地址：	香港灣仔道133號卓凌中心11樓
	出版計劃查詢電話：(852) 2540 7517
	電郵：editor@red-publish.com
	網址：http://www.red-publish.com
香港總經銷：	聯合新零售（香港）有限公司
台灣總經銷：	貿騰發賣股份有限公司
	地址：新北市中和區立德街136號6樓
	電話：(866) 2-8227-5988
	網址：http://www.namode.com
出版日期：	2022年7月
圖書分類：	旅遊
ISBN：	978-988-8556-04-5
定價：	港幣 118 元正／新台幣 470 元正